Acerca de Roderer   Guillermo Martinez

象棋少年

〔阿根廷〕吉列尔莫·马丁内斯 著   谭薇 译

人民文学出版社
PEOPLE'S LITERATURE PUBLISHING HOUSE

著作权合同登记号　图字 01-2021-2613

Guillermo Martinez
ACERCA DE RODERER

图书在版编目(CIP)数据

象棋少年 /(阿根廷)吉列尔莫·马丁内斯著；谭
薇译. —北京:人民文学出版社,2022
(中经典精选)
ISBN 978-7-02-013843-2

Ⅰ.①象⋯　Ⅱ.①吉⋯　②谭⋯　Ⅲ.①中篇小说-阿
根廷-现代　Ⅳ.①I783.45

中国版本图书馆 CIP 数据核字(2021)第 240874 号

总　策　划　黄育海
责任编辑　卜艳冰　欧雪勤
封面设计　汪佳诗

出版发行　人民文学出版社
社　　址　北京市朝内大街 166 号
邮政编码　100705

印　　制　凸版艺彩（东莞）印刷有限公司
经　　销　全国新华书店等

开　　本　890 毫米×1240 毫米　1/32
印　　张　3.5
字　　数　60 千字
版　　次　2010 年 9 月北京第 1 版
印　　次　2022 年 3 月第 1 次印刷

书　　号　978-7-02-013843-2
定　　价　45.00 元

如有印装质量问题,请与本社图书销售中心调换。电话:010-65233595

Novella

献给欧亨尼娅

关于罗德勒

吉列尔莫·马丁内斯

我出生于布兰卡港 ①，在那里，当我大约十二岁的时候，一个曾经被我用象棋轻易打败的朋友为了复仇，将我带到他的远房表兄家里，他比我们年纪稍长。他的母亲从破旧阴暗的房子里走出来迎接我们。而这个表兄似乎整天都一个人待在房间里死一般冰冷的阴影之中。我还记得他下棋的方式非常的迂回而且奇怪。我的朋友告诉我，他是靠独自破解书上的棋局来学会下棋的。我还是他第一个真正的对手，他赢了我，使我深感耻辱。一年后，他报名参加了国际象棋公开赛，让人瞠目结舌地击败了全城最好的一些棋手，并且一直坚持到了最后。就在一切都预示着他即将成为一个伟大象棋手的时候，他突然放弃了下棋。

---

① 布兰卡港（Bahía Blanca），位于阿根廷布宜诺斯艾利斯东南部的一座港口城市。

还是在布兰卡港，我读大学时有一个同学，他也是个性格孤僻、沉默寡言的人。他很高，也非常瘦，看起来就像一个并不完全属于这个世界的人。一天他病了，我和两个朋友到他家给他送课堂笔记。他的母亲出来迎接我们，而我则觉得自己像是身处时间隧道之中，再一次看到这样的一所房子并且面对同样的一个谜团。在我们同学的房间里，有一些他自己仿照埃尔·格列柯①的风格所绘的画，非常栩栩如生。画里的一张张面孔都很镇定、虔诚，他画得极为认真细致，毫发毕现，可是有一张脸上少了一只眼睛，另一张脸上则没了鼻子，这些可怕的空洞就像深渊一般，在引人注目的同时也让人畏惧。将这样一些房子、这样一些母亲和这样一些忽略一切独自闪耀、散发着注定消逝之光的少年叠加起来，便产生了这个故事的主人公，古斯塔沃·罗德勒这么一个形象。

《象棋少年》②是我的第一部小说，也是我个人迄今最喜欢的一部作品。这本书完成于一九九三年，之后我马上去了英国，并在那待了两年。当我回国时，我惊喜地发现，这本被我放任不理、任其自生自灭的小说已经广为流传，凭其自身开辟了一

① 埃尔·格列柯（El Greco，1541—1614），西班牙文艺复兴时期画家、雕塑家和建筑家。其作品通常色调灰暗，画中人物身材颀长，表情阴郁。

② 本书书名直译为《关于罗德勒》。

条道路。从那以后，这本书不停再版，并且慢慢走进了其他国家。希望中国读者在读完这本远自天边却又近在眼前的小说后，能够与我一样，感受到它所带来的那份介于激动与惆怅之间的感觉。

一

我第一次看到古斯塔沃·罗德勒是在奥林匹斯俱乐部的酒吧里。每到晚上，老桥镇的象棋手便聚集在那里。它是一个让人起疑的地方，我每次去那里都会遭到母亲的低声抗议，但父亲并没疑心到决定不让我去的地步。象棋桌只有五六张，并且都摆放在厅堂深处，木质桌面上雕刻着方格。在大厅的其他地方，人们全神贯注，一轮接一轮地玩着七分半①和赫内拉拉②。随着夜晚时间的流逝，自里面传出的干涩的骰子撞击骰子筒声，以及人们为了要杜松子酒而提高嗓门的大声嚷嚷就越发显得突兀。

而我只是安静而又乏味地注视着那个喧嚣的世界，因为我深信伟大的象棋手都应该骄傲地远离一切尘俗，可我却想到我的这种抗拒正与我母亲教育我做好孩子的说教相符，这一想法

---

① 七分半，一种纸牌游戏。
② 赫内拉拉，拉美地区流行的一种骰子游戏。

不停困扰着我，摧毁着让我自得的心理优势。在发现这两个世界并非毫不相干后，我更为困惑；有人在这些游戏桌之间给我指出过许多曾经是镇上最为突出的象棋手，仿佛是有种不可抗拒的吸引力，一种难以捉摸的智力的倒退，迟早都会将最优秀的选手拖向那里。我也曾看到萨利纳斯，这个十六岁时便成为省内最优秀象棋手的小伙子，慢慢地迷失在游戏桌间，在那时我便立下誓言，在我身上绝对不会发生同样的事情。

认识罗德勒的那天晚上，我本打算破解《国际象棋通报》①上的一个小棋局，或许还会跟尼埃尔森家的长子下几局棋。罗德勒当时正站在吧台旁跟赫勒米亚斯说话，更确切地说，是老赫勒米亚斯一边把一个个酒杯举高对着光亮一边跟他说话，而罗德勒已经没在听他说话，他心不在焉地盯着快速旋转的擦酒杯布和在空中短暂发出耀眼光芒的玻璃杯，心思完全不在这场正在进行的谈话上。赫勒米亚斯一看到我便朝我做了一个手势，让我过去。

"这个男孩，"他对我说，"像是打算住这儿了。他一直在找人下棋。"

罗德勒已经回过神来，没再发呆，他不怎么好奇地看了看

---

① 《国际象棋通报》，前南斯拉夫创办的一份刊物，每期刊登一些精选棋局。

我。我在那段时期已经习惯了毫不犹豫地伸出手去与人握手，因为在我看来，这种男人之间体面而疏离的打招呼方式是我青少年时期的最大收获。然而我控制住了自己，只说了自己的名字，因为在他身上似乎有些东西阻止别人与他进行哪怕是最低程度的肢体接触。

我们坐在最后一张桌子上。选颜色时我抓到了白色。罗德勒很慢地摆放着他的棋子，我猜他大概只是勉强会一点而已。由于我在一面镜子中看到尼埃尔森刚进来，于是便用了王前兵 ① 开局，希望能用一个弃兵开局 ② 来速战速决。罗德勒想了好一会儿，几乎让人失去耐心，接着，他将王翼马移至F3位置 ③。我有一种不太愉快的感觉：一段时间以来，为了能在年度公开赛中用上阿廖欣防御 ④ 与白子对抗，我正在研究这一种防线。我是在一次偶然机会，在《国际象棋百科全书》里发现它的。整个开局随之让我叹服：那个初看古怪且毫无意义的马的起步；黑子为了占据一种隐约不明的位置优势，从一开始就放弃对中心的控制这一开局要点时，那几近不屑的英勇方

① 王前兵，国际象棋中双方都拥有八个兵，王前兵指的是位于王前的兵。
② 弃兵开局，国际象棋中开局时牺牲一两个卒子，以便取得优势的开局法。
③ 国际象棋中以坐标来标记具体棋格，字母表示横向棋格，数字表示纵向棋格。
④ 阿廖欣防御，国际象棋开局的一种，属于开放式开局。

式，尤为重要的是，这是唯一能够让白子无法反抗、也没法变换棋阵的开局，我也是因为这一点才下决心认真学习阿廖欣防御的。当然，在老桥镇没人知道这种防御，这里人只用西班牙开局、正统防御，顶多知道点西西里防御 ①。我一直拼命忍着没用这种新式的防御，就是期待着它能在公开赛派上用场。可是突然，这个刚来的小伙子却在所有人面前使出这种防御来对抗我。当然马的这一步可能只是一个新手下的臭棋，我也宁愿相信是这样。我将王前兵前移了一格，罗德勒再度沉思了很长时间，将他的马走到 D4 位置。随后几轮中一直重复着这样的过程：我及时按照《国际象棋百科全书》中的介绍走出下一步，罗德勒每走一步都要思考许久，但最终总是做出了正确的回应，就这样，我根本不能判定他到底是早就知道了这个开局法，还是他只不过幸运地拥有一种会随着真正攻击的开始而消失的直觉。

慢慢地，我们俩都放弃了最后的一丝戒备，几个回合之后，我们沉浸在棋局之中，在这块无主之地上真正展开了竞争。我几乎听不到任何声响，仿佛它们在某一时刻都突然消失了；那些烟雾弥漫的牌桌不可思议地远去了，甚至那些围过来观赛的

---

① 西班牙开局、正统防御、西西里防御，均为国际象棋中较为常见的开局法。

熟悉的面孔也不见了，一切都变得模糊而遥远，这就像是从海滩一直游到海深处时的感觉一样。我再次看了看罗德勒——如今我已经知道后来镇里有很多女人为他而痛苦，也明白我妹妹曾绝望地爱着他。他有一头栗色的头发，其中一缕不时垂到他的额头上。虽然我察觉到他应该不会比我大，但是他的脸部轮廓似乎已经定型了，仿佛是童年一结束他的五官便获得了最终的形状，一个不符合任何年龄段的形状。他的眼睛颜色很深，蕴含着一种一眼看去无法察觉的、遥远的光芒，后来我发现，这道光芒总是闪耀着，就像是在漫漫不眠夜中一直亮着的一盏明灯。当某人或者某物引起这双眼睛的兴趣，它们会突然亮起来并且用几乎令人不安的深邃目光注视，但是这只会持续一小会儿，因为罗德勒马上会将视线移开，仿佛他知道自己的视线让人感到不舒服似的。他的手尤其引人注目，可是，无论是在这场我看到他的双手反复游移于棋盘上的比赛中，还是在之后我们交谈的不同场合中，我都没有能够确定他的双手到底有什么与众不同的地方。直到很久之后，我在他图书室里所剩不多的书中读到莎乐美①的一段描写尼采双手的文字，我才醒悟，

① 露·安德烈亚斯·莎乐美（1861—1937），俄罗斯流亡贵族之后，著名作家、女权主义者。曾是尼采的精神伴侣，并深受弗洛伊德的赏识。著作有《弗里德里希·尼采及其著作》《莱纳·马利亚·里尔克》等。

罗德勒的双手是应该单纯地用优美来形容的。

关于那场比赛我已经记不清所有的细节了，可是我仍记得当发现罗德勒逐一化解了我的攻击，包括我自认为最猛烈的攻击之后，我所感到的手足无措与无能为力。他下棋的方式很奇怪：他几乎不怎么注意我所走的棋，就好像能够完全不理会我到底有些什么谋划似的。他的每步棋仿佛都很随意且相互之间毫无关联，他时而将棋走到棋盘边线，时而移动某个毫不相干的棋子。我虽然能够按照计划走到一定程度，可是不久就会发现罗德勒的棋局因为他之前所走的某一步发生了轻微改变，这变化几乎难以察觉，却足以让我的计划落空。从本质上来说，后来我与他的关系不也正是这样吗？就像是一场决斗，我是这场决斗中唯一的竞争者，还只是空挥了几拳。这也许就是最奇怪的：罗德勒似乎没打算做任何反击，看起来我的棋子没受到任何威胁，他的棋路毫无逻辑可言，然而他每走一步，我就更感危险，这是一种预感：某些我不明其意、细微而又无法避免的东西正在形成。一段时间后，这场比赛变得越发复杂。所有棋子都仍然在棋盘上。在某个瞬间，我看到萨利纳斯手拿酒杯站在桌旁，一边喝酒一边露出一个似笑非笑的嘲讽笑容，直到有人叫轮到他掷骰子时，他依旧保持着这个微笑。之后我看到尼埃尔森离开，他在门那儿用一个我不理解的手势向我打了个招呼。大厅里逐渐空了下来，赫勒米亚斯忙着将椅子倒过来放到桌上。现在我成了那个需要久久思考再走下一步的人，我的棋子对准了他的一个兵，一个边兵。最终我发现这最新一轮攻击，就像之前的若干次一样毫无作用。我原本认为弱小且孤立的这个兵在一轮轮对峙中被严密保护起来，甚至已经无法靠近了。不管怎么说，在缓慢的棋局发展中，我继续把处在边缘的棋子汇集至中心，这并不是因为我抱有什么希望，而是因为我已经筋疲力尽，没法想出新策略了。当我把所有棋子都走到棋盘中央时，罗德勒突然将他的兵往前移了一格，他的王后对上了我的王后。我感到一阵冰冷的恐慌：我一直害怕的事终于要发生了。我看了一眼棋盘上的新局势：由于我之前所走的那些棋，一旦罗德勒提出变后①，我其他所有棋子就都毁了。然而我看不出稍后棋盘上的形势将会如何。我能想象出五六个回合之后的，但也就仅此而已。我的王后在棋盘上无处可走，他的升变②是在所难免的。但我至少不必再绞尽脑汁了。我们依照游戏规则逐个消灭彼此的棋子，它们在碰撞中发出单调的声响，之后便离开了棋盘。我有些不确信地自问，他到底预见了多少

---

① 变后是国际象棋中的一种特殊棋法，指兵到达对方底线时，可变成王后。

② 升变指的是兵到达对方底线时，可变成王后、车、马、象其中的一种，变王后即是升变的一种变化。

个回合呢？最终，我在空空的棋盘上看到了答案：我之前执意想要攻击的那个兵现在空了下来，又往前移了一步。我用目光寻找着自己的兵，并绝望地算着时间。没用了，罗德勒走到了我的底线，而我没有。

我放弃了。趁着起身站起来的当儿，我观察他的面孔，以为能找到如同我胜利时脸上无法掩饰的某种表情：一道满意的目光，一个勉强忍住的微笑。罗德勒很严肃，没再关心这场比赛。他已经扣好身上那件深蓝色厚呢大衣的扣子，焦躁不安地看了眼大门。他的表情看起来有些犹豫不决，又像是生气，仿佛正在跟自己就一个极小而又极愚蠢的问题进行争论却没有得到答案。大厅里面已经只剩下我们两人。我注意到他所不能决定的事情在于是否应该等我一起离开，还是立刻告辞一个人走掉。我非常了解这种痛苦，可是直到当时我都以为自己是唯一受这苦痛折磨的人：难以在两个平庸且完全无关紧要的选项中做出抉择；思绪在两者间犹豫徘徊却无法决定，无用地摆出依据却找不到一个决定性原因，同时自己的常识在嘲笑这一切并且教唆着：都一样，都是一样的。这个毛病或许很荒谬，但是我却曾认为是我所独有的，可我竟然在他人身上发现了比我更为明显的症状，这让我困惑不已。

"我这就走了。"我为了解救他说道。他感激地点点头。我把装着棋子的盒子还给赫勒米亚斯后在台阶那儿赶上了他。我问他住在哪儿。他家住在沙坝后面那一带，我们能够结伴走一个街区。

假期已经结束，空气中带有初秋那清冷的寒意。避暑者都已经离开了，小镇恢复了空旷和宁静。罗德勒听着远处的海水波浪声，像是没打算开口说话。忽然路边的几条狗叫了起来。我觉得在我身边的罗德勒变得有些紧张，试图在一片黑暗中确定它们的方位。

"这一带有很多野狗，"我说，"人们在旅游旺季后抛弃了它们。"

罗德勒没做任何评论。我又问他想上哪所中学。

"我不知道。"他严肃生硬地说道，似乎这个问题已经给他带来了太多的麻烦，他只想要远离它。

"不管怎样，我们没有太多选择。一所是马里亚诺·莫莱诺，我就去那儿。要不然就去博斯克。"

罗德勒摇了摇头。

"我不知道会不会去上中学。"他说。

二

　　我记得罗德勒在马里亚诺·莫莱诺待了不到三个月。第一次发成绩单的时候，他就已经不在了。学校每年七月拍摄班级年度照片，而那年的照片上也没有他。自打他出现在教室以来，他总是极不情愿地穿着运动服，将领带胡乱打成一个结，并且阴沉内向地坐在一边，谁也不理，什么都不想看到，这一切都反映出不管他家发生过一场怎样的争论，他都是这场争论的输家，或者——在认识他的母亲之后我认为这是最有可能的——也许他在说理上赢过了他的母亲，女人通常会在这时让对手获得一段短暂的胜利。可是之后面对恳求和泪水，他被迫许下了一个承诺，现在他正在艰难地履行着这个承诺。

　　他的到来并没有引起我的不安，确切地说，反而让我松了口气：大家都认为我是班上最好的学生，可是哪怕是在当时，我也并没有无知狂妄到认为这是一件了不起的事情。此外，由于我的同学们让我为自己所获得的成绩受了不少罪，我已经非常愿意让出自己的位置了。不久我发现罗德勒没有丝毫兴趣来与我争夺第一名。从第二天开始他就不再听老师的讲解，只顾专心阅读，其他什么也不关心。他读书非常专注投入，仿佛前一天的课程非常严重地打断了他的阅读，他不能够允许这种事再次发生似的。他用一个体积庞大、两侧带风琴褶的公文皮包带书来。因为他的座位离我很近，我能看到他是怎样随着早上时间的流逝把书从里面一本一本地掏出来，并且坦然地慢慢将它们在课桌上堆成小山。这些书总是各式各样，关于各种不同学科，罗德勒好像是在同一时间学习着所有的知识：哲学，艺术，科学，历史。他几乎从来不从头开始阅读，他随意地往前或往后翻，当遇到他感兴趣的一段时，便会读得出神，直到好像想起了另一样东西，才会在包中寻找着什么，之后又掏出一本新书。我当时刚刚看完《恶心》①，一开始我自问难道罗德勒不正像书中那个企图按照字母排列顺序来读完布维尔图书馆所有书的荒谬可笑的人物"自学者"吗？但是他在书间游走的熟悉自如以及翻找书籍时那种少见的精确只能意味着一件事：他已经读过所有这些书了，或许还不止一次，现在他再重新看是为了寻找某样明确的东西，某样我因为这些混乱无序的书名而

---

① 《恶心》，法国哲学家让·保罗·萨特的日记自述体哲理小说。

无法破解的东西。我看到了黑格尔的两卷《逻辑学》，里面许多文字被画线标出，还密密麻麻地写满了注释，我曾经试图阅读这本书，但没能读下去。我也看到了意大利文的《神曲》，里面带有一些阴森可怕的图画。我还看到了一些书，可直到很久之后我才知道它们是关于什么的，而另外一些，它们就像是一道道过于遥远而又刺眼的光芒，因为我有预感，我将永远不会读到这些书。

我注意到，每隔一段时间，罗德勒也会带来一本小说，可他只趁课间在院子里休息时看。察觉到这一点让我感到有些不快。我应该承认对于我，一个除了象棋手之外还立志想成为作家，并且自认为读书比任何同龄人都要多的人而言，看到一些曾令我望而却步或是无奈地留待以后再看，甚至是名字和作者我都不知道的书出现在这个座位上让我倍感羞耻。然而，还有一个更大的耻辱：我和我妹妹做了个交易，她会替我打听她的一个女性朋友的消息，而作为交换条件，我应该在离开学校后跟她一起去海滩抽烟时把当天一切跟那个"新来的"有关的事情都告诉她。当然，从来都没太多可说的，可是克里斯蒂娜的好奇心是无止境的，当她绝望于在我身上套不出更多话时，便会让我重复罗德勒所带来的那些书的名字并且告诉她这些书是关于什么的。我为了能够脱身只能临时编造一些类似的理论，

012

靠着想象力来自圆其说,可有时我只能承认自己不知道。这仿佛给予她一种无可比拟的快乐。她有些不相信地看着我,惊奇地睁大了眼睛,之后便开心得要命,还忍不住地对我说道:"他可比你更聪明!"

老师们的反应来得比我所预期的要慢,我现在猜想,或许罗德勒的母亲之前就同老师们谈过了,好让他们一开始能够有些耐心。只有拉格医生在课桌间的过道里踱步时会不时地停在他的座位前。拉格给我们上解剖学。他被公认为老桥镇最有文化的人,在一段时间里,人们都认为他是一个神医,但之后有人控告他在吸食毒品后给人做手术,在这一不幸事件发生后,他就被禁止行医了。从此以后他就只能靠在中学教书来勉强谋生,性格也越来越阴郁:他给人的印象就像是他已经不再存活在这个世界上了,仿佛他已经背弃了一切,只保留了他的智慧中让人不快的那部分。除了他的讽刺之外,更让我害怕的是他说话时的百无禁忌,还有他从一个科学术语过渡到一个脏字或者是直接转到一个淫秽下流的字眼时那种无所畏惧和满不在乎。当他走进教室时只需要说出这堂课的标题,大家便会不安而畏惧地安静下来。

"畸胎瘤,来自希腊文 teratos,是'魔鬼'的意思,这是一个很不公平的名字，它们只是由胚胎细胞形成的肿块，不可能比我们自己更可怕。大体上来说，畸胎瘤比较偏爱潮湿温暖的地方，"这时他举起了一只手，"例如腋下。就像任何良性肿瘤一样，它们会随着时间而增长。当它们撞上某块骨头时，便会开始啃噬它。要知道，这是一场极其缓慢的损耗过程，会持续几个月。它们钻出来的孔非常小，是完全看不到的。然而，晚上患者通常都会听到特有的啃噬声，咯吱，咯吱。有什么东西在啃我的骨头，一开始他们在早上都会这么说。当然，没有人相信他们。当他们去医院把肿瘤切除时，肿瘤的重量可能达到一公斤。像柚子一般大小，并且在上面已经形成了头发，一只单眼，或者两只，还有齿状物体。明白了吗？"他冷冷地扫了我们一眼，"眼睛，头发，牙齿：一个已经半成形的胚胎，就在人的腋下。"

他一边跟我们讲述，一边背着手在课桌间的走道里踱步，每走到罗德勒的课桌前，他便停下来，仿佛是他的娱乐时间到了。

"今天我们的路易·朗贝尔 ① 又看些什么呢？还真不错：是

① 路易·朗贝尔，巴尔扎克小说《路易·朗贝尔》中的主人公，酷爱读书，阅读速度快，且记忆力极强。

我那杰出先辈的《神奇之花》①。现在我们英勇无畏的小伙子要陶醉在园艺学之中了。"

然而，有一天他做了一个奇怪的表示激动的动作：他拿起了罗德勒一直放在桌上的一本很旧的书，封面上的字迹都已经褪色了。拉格带着半惊讶半钦佩的表情翻开了它，他那神情就像是一个人看到了他原本以为永远失去的东西似的。

"不错，不错，歌德的《浮士德》，莱茵版的，"虽然他的声音已经恢复了那讽刺的音色，却奇怪地显得有些嘶哑，"这么说来我们也懂德文……这很好，需要听一听魔鬼用他的母语说话。"他翻了翻书并且大声读道：

> 尊贵的朋友，所有的理论都是灰色的，
> 生活的金树长青。②

他缓缓地把书放回到座位上。

"只是生活的树并非绿色，至少它不是叶绿素那欢乐的明绿

---

① 《神奇之花》，瑞士医生帕拉塞尔苏斯（1493—1541）的一篇文章。他既是医生也是炼金术师，并企图将医学和炼金术结合创造出一种新的医疗化学。拉格在这里称他为"杰出先辈"是讽刺他作为医生却热衷于使用禁用的化学物质。

② 原文为德文，是《浮士德》中魔鬼的话，中文译文引自《浮士德》，绿原译，北京：人民文学出版社1999年版，第57页。

色，而是，"他苦涩地说道，"沿着枝干攀爬的苔藓之绿，那腐烂的蕈状之绿。"

尽管如此，拉格医生从来没有直接跟他说过话，他总是不看罗德勒，跟全班说话；或者一个人喃喃自语。事实上，第一个试图跟罗德勒说话的是文学老师。玛丽莎·布鲁恩——她坚持让我们称呼她为玛丽莎，还急迫且热情地一再强调这一点——她学的是文科，可并不是在老桥学院，而是在南方大学①学的。她有一双蓝色的眼睛，一双深沉、灵活、略带着一丝嘲讽的眼睛，那是我所见过的最诱惑人的眼睛，还有她那双慷慨随意地露在讲台下的腿。她轻而易举地就让我们大家都爱上了她。她所做的第一个变革便是将必读的《姑娘的默认》②换成了田纳西·威廉斯的《夏日烟云》③，并且将我们随意进行配对来朗读阿尔玛与约翰之间的对话。我记得，轮到跟我读书的女孩非常害羞，根本就读不下去。玛丽莎·布鲁恩没看书，绕过讲台，并且用她那让人无法抗拒的眼睛盯着我。

---

① 南方大学，位于阿根廷布宜诺斯艾利斯省，前身为建立于1946年的南方科技学院，后在1956年更名为南方大学。
② 《姑娘的默认》，西班牙作家莱昂德罗·费尔南德斯·莫拉廷（1760—1828）创作的西班牙戏剧作品。
③ 《夏日烟云》，美国剧作家田纳西·威廉斯（1911—1983）的作品，描写了男女主人公之间的爱情悲剧。

"为什么您什么也不对我说？您的舌头被猫吃了吗？"

我红着脸重复约翰的台词。

"我能说什么呢，阿尔玛小姐？"

"您又叫我阿尔玛小姐了。"

"事实上，我们从来都没有越过这条界线。"

那时我感觉到她的手抚摸着我那备受粉刺摧残的脸，可我不敢看她，只能听着她的低语声。

"噢，当然有过。那时我们靠得那么近，几乎在一起呼吸了！"

她是一个奇妙的女人，不管怎样，可以预见，她会是第一个同罗德勒说话的老师。因为那些习惯了博得他人欢心的人，哪怕是最慷慨的人，他们都会有一种骄傲的自私，不愿让任何人逃脱自己的怀抱。

"罗德勒，"她有一天中断了文章的阅读突然叫道，之后又在教室里的一片沉寂中再叫了一遍，像是一声温柔的呼唤，"古斯塔沃·罗德勒。"

罗德勒吓了一跳，抬起了头。这应该是他第一次真正看着他前方的这个女人。她加深了笑容。

"请您站起来，不要害怕。"她说，虽然她的语气很随意，并且带着轻微的讽刺，但是我注意到她没能像对我们一样，以

"你"来称呼罗德勒。

罗德勒站了起来。他并不是太高，然而就这样站着，却像是把她给镇住了。他身处教室这件事情的怪异感又一次给我留下了印象。她再靠近了一步。

"罗德勒先生，您想在这一年剩下的时间里这样冷酷地忽视我们吗？"她威严地微笑着，我们当中的任何人都愿意冲过去替他回答：不！不想！

罗德勒茫然地看了看周围。这好像也是他第一次看到我们。

"或者是对您而言我们都太土了？"

"不，不是这样的。"

"那是怎样的呢？"

又是一片沉默。罗德勒苦恼地挣扎着，却没能说出什么来。

"是……时间。"他终于说道。"我没有时间，"就像是偶然找到了唯一可能的表达方式，他用更为坚定的声音重复了一遍，"我没有时间。"

"现在我明白了：您不是看不起我们，而是没时间理我们。"

有人笑了，然后所有人都笑了。罗德勒痛苦而又吃惊地看着他的话所造成的效果。可我相信，玛丽莎·布鲁恩非常恼怒，因为为了让笑声将他击垮，她又说道：

"请您坐下，我们就不让您浪费更多时间了。"

当我们趁课间休息在一条走廊里转悠时，我遇到了他。我们之前在其他场合也遇到过几次，但是这次我觉得能跟他说说话。我开玩笑地责怪他不再去俱乐部下棋，让我一雪前耻。

"是因为象棋……"他犹豫了，像是想要耸耸肩膀，"从来就没让我太感兴趣。它只是一个实验，一个模本。当然，那只是小意思。"

我没明白那句话，但在我听来它非常让人生气，就像他之前所说的那句话一样："我不知道会不会去上中学。"他应该已经看出来象棋对于我来说是非常重要的。他的话里并没有做作或者卖弄的意思。在他承认那是小意思的时候甚至还表现出了谦虚。然而这无疑是智慧的诅咒，哪怕是他努力想要谦虚一些，他的言行也会让人感觉被冒犯。另一方面，我察觉到，没有罗德勒这个对手，我就能在那年的年赛中获胜。这又让我恢复了好心情。当我们沿着朝向院子的楼梯往下走时，我看到了罗德勒胳膊下夹着的那本书的封面，是《地毯上的图案》①。我模糊地记得自己曾经读过这本书。我告诉他这件事，他似乎挺高兴。他问我觉得那本书怎么样。我努力回忆，但只是徒劳而已。我勉强记得开头的一些东西，那段名作家向评论家发出挑战、让

---

① 《地毯上的图案》，美国作家亨利·詹姆斯（1843—1916）的短篇小说。

他揭示自己作品主旨的对话，由他所有的作品构成的总意图。其他的人物和剩下的情节我都已经完全忘记了，我甚至已经记不清我是否喜欢这本书，但是我决定进行一次小小的复仇。我用迁就的口吻说，书的主题是有趣的，但是詹姆斯那无可救药的含糊风格使得主题没能得到发挥。罗德勒好像并没因我的话生气，而只是有些惊奇。

"应该把它当作哲学作品那样阅读，"他说，"它从本质上来说就像《通向智慧之路》①里所说的一样：吸收一切，拒绝一切，然后再忘记一切。"

我们走到了院子，我听到从院子一角传来压低的笑声。我妹妹离开了她朋友们的队列，正朝我们走来。我感到一阵难以形容的骄傲，就像我每次看到她时一样：她真是漂亮极了。她问了我个问题，当然，她是完全不想听我回答的。

"好吧，"她对我说，同时抬头将她的大眼睛转向罗德勒，"你不给我们介绍一下？"

我对他俩进行了介绍，克里斯蒂娜将她的脸朝罗德勒探过去好让他吻一下，她的动作非常自然迷人，罗德勒被这样一个

---

① 《通向智慧之路》，尼采作品中的一章，尼采在这章里分析了人的精神三变，并分别用骆驼、狮子和婴儿来象征这三个阶段。骆驼象征着承载之前的一切知识和传统，狮子象征着应同所学过的知识进行抗争，婴儿则意味着最终忘却一切，重获新生。

动作感染了，往前走了一步准备吻她。然而有某种东西阻止了他，仿佛一个可怕的想法突然让他没了精神。他站住了，甚至还往后退了一点。一时间大家都手足无措。我妹妹却英勇大度地微笑了：

"在城里已经不行吻面礼了吗？"

他沮丧地看着我们俩。

"我生病了。"他说。

三

　　就像之前我所说的，罗德勒从来不听课上所讲的东西。但是有两次，我惊奇地在他身上发现了他感兴趣的迹象。第一次是在杜莱尔学士给我们上的一节数学课上，杜莱尔当时刚刚毕业，正在准备考南方大学的博士。他一周只来老桥镇一次，因此要将他的课放在一块儿，一上起来就没完没了。他没有胡子，脸也很孩子气，看起来比我们还要小。更糟糕的是，他的声音用来给一个年级上课实在是太低了，而且他也没打算用叫喊或者是敲黑板的方式来维持纪律。不可避免的事情马上就发生了：阿尼瓦·库弗雷和他的追随者们决定在后面的座位中合伙玩一些最为肮脏恶心的游戏，而可怜的杜莱尔，他惊恐地听着从后排传来的声响，最终只能为第一排的忠实学生——少数几个认真而安静的女生——进行讲解。在这件事上，我处于中间立场，因为害怕库弗雷的嘲笑，我决定不做笔记；而另一方面，我心中残留的对杜莱尔的同情（没想到后来我也会跟随他的脚步从事这一职业）阻止我加入那大片的喧嚣声中去。

杜莱尔教书的方式相当特别。他总是以机械的、几乎有些不快的语调开始讲课，仿佛极为不赞同他正在讲解的内容被编入教学大纲，直到突然出现某样东西：一个公式，一个定理的名称，或者需要用基础知识之外的某个细节来进行的一个论证，好像这些才能让他打起精神。在激情的冲击下，他在黑板上写满了很大的字，并且在一系列的论证中越说越远，远到我们的思维根本就跟不上他。他却并不为此而担心，这些是他为自己而展开的逃离，是在数学之美中的一处藏身地，仿佛他想将那由符号和推理构成的规律所拥有的至高无上的威严置于课堂的嘈杂之上似的。

就是在这样的一次激情冲击中，他跟我们谈到了数学的证明方法。他当时正在教我们鲁菲尼定理 ①，一时间他开始说起一种推理方式，而遵循了这一推理方式的，他说，便有归谬法 ②。

谬误？他的一个忠实信徒问道，显然喧哗声让她没听清最后几个字。杜莱尔一听到那个无辜的问题，就像是看到了一束幸福

---

① 鲁菲尼定理，该定理指出，五次及更高次的代数方程没有一般的代数解法，即这样的方程不能由方程的系数经有限次四则运算和开方运算求根。

② 归谬法，数学证明方法之一。为了证明某论题，首先假定它为真，然后由它推出荒谬的结论，从而推论这一论题是假的。

的光芒，一只将他带往喜爱的地方的意外之足似的。

"归谬法，没错，"他盯着那个可怜的女孩，重复了一遍，"最古老的证明方法之一，古希腊人便已经知道它。很多个世纪以来，它被系统且随意地运用，它的使用极为广泛，如果突然所有由归谬法证明出的定理都被禁用的话，数学那高傲的殿堂将会整个坍塌。但是，导向谬误的证明却要依靠着逻辑学那最为不牢靠的法则：排中律，即相信在是与不是之间没有第三种可能。请大家看着，"他很快写了一个 H，然后是一个箭头，以及一个 T，"请看看，表面上看起来这是多么的容易啊：假设命题是假的，如果在这样的前提下得以证实这一假设本身也是假的，那就可以了，就能肯定 T 是真的，为什么呢？"

当然，没人回答他。杜莱尔有些犹疑地说道：

"因为假设它是假的导向了谬误，"他敲了敲黑板上的 H，"这一假设同时既是真的，也是假的！"

这番话同样没达到他所期望的启发大家的效果，可是我注意到罗德勒停止了看书，正在听他说话。

"就这样，"杜莱尔继续说道，"通过纯逻辑的方式，就可能繁衍出一批完全虚构、极其复杂的存在，然而它们看起来可能是真实存在的，它们是货真价实的抽象的怪物，是完全由人类对其思考方式的信赖而支撑着的。"

他像是突然想起自己在哪儿一般气馁地停了下来。他看到的，无疑是一张张心不在焉的脸，以及放在一边的自动铅笔。只有罗德勒一直听他讲完。他有些负罪似的看了看手表。

"我们回到鲁菲尼定理上来……"他说着，已经没有勇气继续下去，"我不会在考试中考到这一点的。"

在大家都站起来的时候，我看到罗德勒在书的边上记了些什么。经过他身边时我从他的肩膀上方低头看了看。**假设它存在——**他写着**——并且没有导致谬误。**

第二次是在拉格和我们一次关于生物碱的谈话中。这个知识点是第一次编入教学大纲中，我们所有人都带着一种恶意的期待在教室里等着：拉格医生有毒瘾已是尽人皆知的秘密。但是，一开始这节课看起来似乎并不会跟其他课有什么不同：拉格医生非常艺术地在黑板上画了一朵花，并且在下面写上了：**罂粟**①。

"它更多是被人们叫作罂粟花或者鸦片花。"

他说"鸦片"这个词时语气淡淡的，然而那简短模糊的发音已经足够让教室陷入一片寂静。拉格医生解释了如何提取汁

_____

① 原文为拉丁文。

液和烘干，以及如何制成交易时的块状。他提及了种植罂粟的国家和地区，还谈到两次鸦片战争。一九〇七年，他在黑板上写着。

"鸦片，"他说道，"并不总是非法的。"

之后他给我们列举了一份长得令人难以忍受的清单，里面包含了各种鸦片的药物用途，也顺便提到由它提炼出的毒品：吗啡，**我们的最后一张王牌** [①]，他还有些鄙视地提到海洛因这个名词。

"鸦片与思维过程。"

这个题目让罗德勒抬起了头。拉格医生详细讲解了鸦片在下丘脑起的化学交换作用以及在边缘系统对内啡肽所起到的细微有效的活化作用。他也察觉到罗德勒正在听，因此解释得比往日更为仔细。

"不同于酒精，以及那些现代愚蠢的替代品，"他说，"鸦片不仅不会让人意识模糊，还能让人的思路达到最高程度的清晰。正是出于一这原因，鸦片才会成为科学家和艺术家们的宠儿。用了鸦片后，理性便获得了一道新的灵光，一片极为广阔的光芒，就像是基督的圣谕一样。人们非常公正地将

---

① 原文为拉丁文。

它称为天堂的毒品，并不仅仅是因为它是人类认识的第一种毒品，还因为它让人发现了自己本质中的神性，似乎比起自己身上的魔性，人们更为畏惧这个部分。否则我们该如何解释，"他控制不住地提高了声音，"为什么大量的医生和执政者策划着堆砌那些反对鸦片的谎言呢？因为无法隐藏这小小坚果所带来的奇迹般的解脱感，他们便致力于虚构一些可怕的后果。没错，正如德·昆西①所说，对于倚仗鸦片的宽容滥用它的人，它是可怕的并终将向其复仇。那又怎样呢？鸦片不是审判者，它只将寻找地狱的人带向地狱。恐惧这个理由实在过于贫乏，在并不遥远的将来，当人们能够将下丘脑覆盖起来，鸦片的危险程度跟咖啡因一样时，人们又会说些什么呢？回到先前的内容上来，现在已被证实，除了之前我们提及的那位不体面的英国作家之外，很多其他诸如塞缪尔·科勒律治②、让·科克多③、埃德加·爱伦坡④（他更偏爱'将鸦片酊掺在尼加斯酒⑤里喝'）、泰奥菲尔·戈蒂埃⑥、纳尔瓦尔⑦、

---

① 德·昆西（1785—1859），英国散文家、文学批评家。
② 塞缪尔·科勒律治（1772—1834），英国诗人、文学评论家。
③ 让·科克多（1889—1963），法国诗人、剧作家、小说家。
④ 埃德加·爱伦坡（1809—1849），美国诗人、小说家、文学评论家。
⑤ 尼加斯酒，用酒、热水、柠檬汁、糖和肉豆蔻制成的一种饮料。
⑥ 泰奥菲尔·戈蒂埃（1811—1872），法国诗人、小说家、艺术评论家。
⑦ 纳尔瓦尔（1808—1855），法国诗人、散文家。

米肖 ①、沙德韦尔 ②、乔叟 ③、安德烈·马尔罗 ④ 等人都是鸦片的受益者，据猜测，荷马本人也是。最后让我们用欧布莱恩 ⑤ 的话来作为结束：吸食鸦片的人能享受到一种美妙的思维的扩张，一种不可思议的感知力的深化，一种毫无限制、不受任何王权影响的存在感。我希望各位同学，诸位好孩子，永远都不要去尝试它。"

罗德勒微笑了，并且低下了头。无论是在那句"诸位好孩子"的表达上，还是在那个把我们大家都包含其中的手势的处理上，拉格都没有将他包括在内。

我想在这里也应该提到拉格在他另一节课上随意说到的一个怪异的预言，虽然这让我感到很沉重。他当时正谈到神经系统以及关于人类智慧的一些研究，并且嘲笑了好一阵那些努力用一百种不同方式来测量爱因斯坦头骨的人以及智商测试。之后他说各种不同类型的智慧主要可归纳为两种形式：第一种，据他说，是吸收性的智慧，这种智慧就像一块海绵，迅速吸收

---

① 米肖（1899—1984），法国诗人、画家。
② 沙德韦尔（1641—1692），英国诗人。
③ 乔叟（1343—1400），英国诗人。
④ 安德烈·马尔罗（1901—1976），法国小说家、文学评论家。
⑤ 欧布莱恩（1828—1862），美国作家。

被提供的一切东西，它充满信任，认为前人所建立起来的联系和推测是自然而然、无可置疑的。它前进的方向与这个世界一致，在任何对思维的掌控上都如鱼得水。

"顺便说起来，"当时他说，"我们这里就有个很好的例子。"

我不安地发现他正看向我的座位。

"是的，没错，就是您，年轻人，不要装作没听见。难道您的名字不是一直挂在我们可爱的学院光荣榜上，都已经让我们感到无趣了吗？难道您没有在任何一场考试中都比别人完成得快，而且无论是在文学、化学、天文或者幼儿保育法的考试上都这样吗？没错，这种类型的智慧只在量上与普通人的能力有所不同，只是普通智慧的一种强化：它更为敏捷，领会得更深，对分析概括的运用更为灵活。这就是被称为天赋异禀或者'能者'的人的智慧，在这个世界上有成千上万这样的人。请别生气，"他耸了耸肩，对我说道，"这也是与生活最为协调的一种智慧，而且归根结底，那些所谓的大学者，**人文学家们** ① 所拥有的也是这种智慧。它只面临两种危险：倦怠以及精力的分散。虚荣心煽动它涉足所有领域，而过度的容易，大家都知道，最终会导致倦怠。然而一旦克服了这两个障碍，无疑您将会成为

---

① 原文为拉丁文。

一个成功人士，不管这四个字究竟指的是什么。至于另一类智慧，"他说，"要少见得多，难找得多，这是一种会对理性最基本的联系、最普遍的论据以及众所周知和实证证明了的事物都产生怀疑，甚至在更多情况下对它们怀有敌意的智慧。对于它而言没有任何东西是'自然而然'的，在接受任何事物的同时都会感受到某种抗拒：是，是这么写的，它叫喊着，但是并不是这样的。有时这种抗拒是如此之尖锐，以至于阻滞一切，使这类智慧冒着最终转化为意志的丧失或是愚蠢化的风险。同样也有两种危险在威胁着它，这危险要可怕得多：发疯和自杀。如何才能忍受这种痛苦的对一切的抗拒，这种与这个世界毫无关联的感觉，这道在他人认为必要的联系之中只能看到弱点和不足的目光？然而一些人做到了，那么这个世界将会接受那些被揭露出的不可思议的内容，而那个背离了一切的人将会教人类重新审视，以他的方式来观察。这种人很少，非常少，人类会重新把他接纳在怀中并且称他为天才。而其他人，那些没能成功的……"他低声自语道，"将会在阳光下失去立足之地。"

四

　　自从罗德勒到来之后，"最内向的则是最受欢迎的，孤僻独处者反为众人所求"这一奇怪的人类法则在我们班的女生身上得到了广泛的印证。在那些注意他的女生当中，有一个女生带着毫不掩饰的激情真正爱上了他，那份热情是不可爱的女孩陷入爱河时所惯有的，令人看了有些难过。她的名字叫达尼艾拉，可是自第一年以来我们都叫她花瓶罗西①。她的小腿肚也的确非常粗壮，那双结实的腿看起来不像是属于她的，因为她从腰部往上的身体非常消瘦。脸却又是圆圆的，上面总是带着一副非常羞涩的神情，像是随时都会因为任何一句粗话而受到惊吓。尽管如此，她还是拥有一种温顺的美，这虽然没有太大作用，却也是一个聊胜于无的慰藉，让胖女孩的五官显得柔和些。不幸的是，学校禁止女性穿裤子，而及膝长袜则更凸显出了她

---

　　① 　花瓶上细下粗，此处借花瓶来讽刺其体形。罗西是她的姓。

的缺陷。

她对罗德勒的爱慕表达得如此强烈而直接，只有什么也不关注的罗德勒本人没发现她的爱意。她的爱却让其他女孩感到可笑，还有些愤慨，因为花瓶罗西竟然——就像她们所说的——瞄准了那么高的目标。她们首先发现她开始化妆来学校并且开始节食。她应该是非常严格地控制了饮食，不久之后，她的脸明显变尖了，原本瘦弱的身体变得更为干瘦，呈现出一副让人看了不太舒服的虚弱模样。可是那双腿却分毫未减，比之前看起来更为不成比例，就像添加在身体上的两根粗壮的附加物一般。花瓶罗西勇敢地继续瘦了下去，那两条腿却依然冷酷地纹丝不变。当然，这一幕有些滑稽，非常可笑。在一轮轮交汇着恶意眼神的谈话中，女生们向她保证她正在变得非常漂亮。虽然在变瘦后她的脸已经变得平淡无奇，而那双越发显大的眼睛里则闪烁着病态的光芒。

"现在就只差腿了，"她们对她说，"要做运动，运动！"女生们一致让她相信使小腿肚变瘦最好的方法就是爬楼梯。从那时开始，在每个课间，花瓶罗西都非常顺从地在入口处双层大理石台阶里上上下下。她总是低着头，弯着身体，低声数着台阶，一刻都不休息。我们男生则站在楼梯脚下，恶意地喊起口号数着她的脚步，每次经过我们身边，她都会用那畏惧、迷茫的眼睛看着我们，同时为了不忘记之前的数字，更快地翕动着嘴唇。当她快到楼顶时，库弗雷则用他那颗豁牙吹出一声长哨，表示钦佩，这使得花瓶罗西非常难为情，她双手抓着裙子，使得裙子紧紧绷在身上，我们则被她这副模样逗得笑出了眼泪。后来，我就这些嬉笑以及那些跟少年时期有关的表述进行了反复的思考。观点绝对化的年代，必然被污染的年代，在他人欢笑时哭泣，在他人哭泣时欢笑的年代①。大人用这些善意的词语来原谅往日的暴行，抹去曾经的过失，可笑的是，他们不知道，这每一个词都在影射我们的所作所为。我有时也认为，我们当时只是在附和着他人的笑声，而更响亮的笑声是在我们身后发出的。

当然，罗德勒并没比此前更为关注她。我还记得就在我俩在学校唯一的那次谈话中，当我们在楼梯上遇到她时，他问我为什么那个女孩总是在上下楼梯。他问这问题的样子就像是那儿有个恼人的谜团似的。我忍不住笑出了声。**因为她爱上你了**，我突然想这么跟他说。我耸了耸肩：

"她想减肥。"我这么说道，他接受了我的回答，没再看她。

花瓶罗西昏倒的那天下了一早上的雨，楼梯上铺满了锯末。

---

① 此处作者借用了托马斯·曼（1875—1955）在其著作《浮士德博士》中对魔鬼的描写"他在他人欢笑时哭泣，在他人哭泣时欢笑"。

她抓着扶手，慢慢地摔了下去，在滚下两个台阶之后，便脸朝下躺倒在那里了。有人去找刚在楼上上完课的拉格医生。拉格命令我们都让开，他跪下将她翻了过来，并且把她沾满锯末的嘴巴和额头清理干净。

"这个女孩很多天没吃饭了。"他说道，并且神情严峻地看着我们。两个看守人员将半昏迷状态的她带回了家。我们都说，**她只需要吃饭，只要吃一点点饭就会康复了**。可是第二天她也没来，接下来的整个星期都没来。班上开始低声流传着一个病名：厌食症，神经性厌食症。当有人告诉我们她已经被送到医院时，大家重新想起她的名字叫达尼艾拉，现在我们都管她叫可怜的达尼艾拉。

花瓶罗西在六月初去世。一天早上，在放学之后，有人向我们宣布了这个消息，并且把我们从学校带到了守灵的地方。那是位于辛杜拉街上的一个小木板房。她的母亲吻了我们每人一下。她好像认识我们所有人。我们穿过了一条非常狭窄的过道。在进去之后，我们发现自己正不可避免地围绕着棺材站着。我鼓起勇气看了一眼她的遗体：她的头就像小鸟的一般大小，深色的眼眶凸起。一块麻料床单仁慈地盖住了她的身体，尤其是掩盖住了她的双腿。我们所有人在棺材上方互相对视，通过这一道道惊惧万分的目光，我们难以置信地彼此诉说着：**是我**

们干的。

罗德勒最后才进来。她的母亲在门口拦住了他：

"您应该就是古斯塔沃了，"我听到她对他说，"达尼艾拉说了很多关于您的事情。"

"关于我？"罗德勒说。他似乎慢慢明白了这句话到底意味着什么。他朝棺材方向走了一步，之后慌乱地转过身去，像是再也不能忍受待在这里，他自己打开门离开了。

当时距离第一轮考试的到来还有一周的时间。罗德勒从此没再回到学校。

五

一段时间之后，在初冬时分，我第一次去了罗德勒的家。当时我读完了家中的两本海恩瑞奇·霍尔戴恩的小说以及所有市图书馆中能找到的他的作品，但始终没能找到他那部伟大的文学遗著《拜访》①。镇图书馆所给的答复也很令我沮丧：霍尔戴恩，他们对我说，已经过时了。那本书的唯一两个西语版本已经停止印刷。我想到也许罗德勒会有这本书，于是便决定去看他。

当老桥镇还是一个浴场疗养所时，省长经常过来消夏，在那个时期建造了不少房子，其中少数依然矗立着，他家就是其中之一。虽然房子已经破败不堪，仍有一种威严的气势，让人难以猜出它究竟是造价低廉还是耗资甚巨。房前有一个被精心

---

① 该作品与之前提到的海恩瑞奇·霍尔戴恩都是作者的虚构内容。但从后文中的讨论内容看来，作者对该作品的内容设定参考了托马斯·曼的《浮士德博士》。

打理的小花园，一条铺着鹅卵石的小道直通向门厅，厅内墙上有很多藤蔓植物攀爬而上。罗德勒的母亲给我开了门，我的妹妹曾有一次在大街上把她指给我看：她是一个矮小苍白的女人，随着岁月的流逝已经不再注重自己的外貌，像是对自己已不存任何念想了。当我对她说想见她儿子时，她的脸顿时亮了起来，并且极为热情地请我进屋，这让我有种很别扭的感觉，仿佛我不仅仅是老桥镇里第一个来拜访的，还是她家的唯一一个访客。她领着我走过一条空荡荡的走廊，我们的脚步在木地板上激起一阵空洞凄凉的回音。在穿过一个同样空空如也、没摆放任何家具的客厅后，我们停在了一扇门前。罗德勒的母亲轻轻敲了敲门。里面没人回应。她再敲了会儿，之后抱歉地跟我说：

"他总把自己关在里面，但有时会下去到海滩那待一阵。"

最终她还是下定决心把门给打开了。房间里空无一人；显然，这是一个书房，角落里有一张沙发，上面还有一张毯子。玻璃移门朝向一片沙丘，这会儿正半开着，能很近地听到大海的声音。书桌没摆放在这扇落地窗旁，而是靠着对面的一面空墙。有一些翻开的书书页朝下摊着，还有很多则被随意堆在一起，椅子前勉强有一平方米的空余地面。他母亲让我走进房间，于是我看到了他的藏书。那些书占据了房间里最大的一面墙，被挤得满满的书柜几乎就要碰到屋顶。他的藏书极为丰富，然而我只感到一阵轻松快意：终于，罗德勒的所有书都在那儿，只要一眼就能扫完。屋内某处响起了钟的咕咕声。他的母亲有些犹豫地看了眼窗外。

"我想我还是去找他吧，"她说，"他应该没走远。"

"不，不，"我赶紧说道，"还是我去吧。"

我推开移门。沙地上还留着罗德勒的脚印，它们围绕着一些沙丘，并且延伸下去直到海滩上。我找到了他，他正坐在一个法国柽柳树桩上凝视着大海。我想他见到我时吃了一惊。

"是你妈妈告诉我你在这里的。"

我在他身旁坐下，也看了一阵海。我没发现这陪伴了我一生的大海与往日有什么不同。

"这里更好思考问题吗？"我问他。

"我不知道，"他说，"我来这里是为了停止想问题的。"

像是对自己干巴巴的语调后悔了，他严肃地看了我一眼，之后抬头示意我看向窗户的方向。

"那个……有时让人难以忍受。它成长着，吸收一切，希望一切都为它所用。这倒还好：**必须**要彻底投入。但是之后却没有办法停止，我不能合上书，平静地说声：我们明天再继续吧。来这里是我唯一能做的事情，唯一一个……有效的办法。"

他沉默了，仿佛跟我谈到这件事让他很不好意思似的。之后我向他问起那本书。

"《拜访》,"他说,"真奇怪。我的确有这本书。"

他一声不响地站了起来,我们沉默地往回走。他的步子很大,我得走快些才赶得上他。他并不是从书柜里拿出那本书的,而是从书桌上的一堆书里。我猜想他大概还需要这本书。

"不,"他安慰我说,"我已经不需要了。"

那是一本单卷本,之后我再没见过这个版本:封面上有一个画架,上面挂着一匹白布,宛如立体派作品草图般浓重的几何线条投射在白布上,映出恶魔的影子。

正当我准备告辞时,罗德勒问起了关于学校的事情。实际上我察觉得到,他对于我能告诉他的那些事完全不感兴趣。这只能勉强算是一个笨拙而又不合时宜的礼貌表示,好像他终于在最后一刻想到了礼貌的一条准则。这激怒了我,于是我向他透露了一个某次朦胧闪过、甚至没同我父母谈过的念头,仿佛我已经拿定了主意一般。我跟他说我在中学里也已经受够了,已经决定利用假期自学下一学年的功课,来年就离开镇子到大学去学习。我惊异于自己正在言之凿凿地讲述这个一分钟之前还不存在的计划时,突然缄口不语了。可是罗德勒看起来无动于衷,他仍跟此前一样漠然地问我是否决定了学习哪门专业。我坦白告诉他这一点我还没考虑过。

"也许会学哲学吧，"我一边说一边窥视着他的脸，想看看我是否说中了他的心思，"它不是被认为是最高的科学吗？"

罗德勒指了指我胳膊下夹着的书。

"林德斯乔姆会说神学才是。不过无须理会，因为在下一章里他就抛弃了修道院，专门致力于作画了。在本质上，作为一名优秀的作家，霍尔戴恩认为最为深刻的认知方式就是艺术。同样，"他用怀疑的语气说道，"在这样的时代，这番讨论还有什么意义呢？神学已经死去并被埋葬，而从古至今人们所理解的哲学，也正在步其后尘：在大学他们会领着你在博物馆里兜圈，去参观那些抹着防腐香油的古老体系。而科学的确还存活着：物理，或者某门自然科学，可是人必然会对这世上的某方面产生兴趣，而世界也只是一个例证而已。尽管这样，人还是应做好准备，要满足于真实存在的、甚至仅满足于可以证实的东西。不，"他继续说道，"不管怎样，我相信我会选择学数学，唯独在这个领域中，人类智慧能够达到只与自身相关联的高度。"

"你没想过要读本科吗？"我问他。

"我考虑过。作为一种训练。这可能是一种极好的控制能力的方法。"他的表情有些痛苦，好像至今他还得很费劲才能放弃这个想法。"我会去学我力所能及的学科，但不是在大学里，一个专业可能会耗费我所有的时间，而我不能冒这个风险。我应该及早从事……另一件事情。"他移开视线，看着书桌，并且沉默了下来。可我也没打算再追问下去。

"另一件事情？"我语带讽刺地问他，"那会是多么不同寻常的研究啊。"

罗德勒冷漠地看着我，他的声音听起来淡淡的，但是在他的眼睛里，有某样绷得紧紧的、锋利的东西。

"没错，"他说，"正是这个词。那些东西的确是不同寻常的。"

我注意到他又缩回了自己的世界中，仿佛在我身上看到了一个潜在的敌人的影子。

"是啊，"我有些后悔，便用自己最为友好的方式说道，"我猜你会告诉我的。"

我再次感谢他借给我书，并让他别送我到门口。在走廊上我遇到了他的母亲，她应该是听到了我的脚步声才出来的。她穿着围裙，正有些慌乱地在上面擦着手。

"怎么，您现在就要走了。天哪，古斯塔沃甚至没送您到门口。"她羞愧地摇着头。我告诉她是我自己坚持要一个人出来的，再说，她的儿子已经非常友善了。

"真的吗？那您会再来吗？"

我笑着回答她是的，她非常感激地看着我，这神态让我再度有种不太舒服的感觉。

"我知道自己不应该管这些事，"她说，"可是每天关在屋里，不跟人说话，身体怎么好得起来呢。所以我希望他能在学校再多待一些日子。他跟我几乎不说话，也没有任何朋友。我以前还期望着在小镇上能有些不一样。我不知道，只是他花这么多时间思考问题让我很害怕。"

她用苦恼的表情看着我，仿佛已经不知道该拿她儿子怎么办了。

"夫人，"我鼓起勇气来问她，"古斯塔沃得了什么病吗？"

"不……没有，"她非常迷惑地回答，"他对您说什么了？"

"没有，实际上没什么，"我小心翼翼地说，"可是有时他说得像是一刻也不能耽搁，好像要没时间了似的。"

"啊，这样，"她叹了口气，"是啊，他觉得自己有一个期限，一次我们在争论的时候他对我说到了这个。我不知道这意味着什么。可是生病他倒是没有，"她像是在捍卫最后一座堡垒似的说道，"这我至少还是知道的。"

她几乎是有些遗憾地打开了门。

"那么您还会再来吗？"

我微笑着举起手。

"我保证。"我说。

六

　　为了不让自己有反悔的机会，我一回到家就向父母宣布了第二年进大学的打算。他们很清楚，这就意味着也许我会永远离开老桥镇。我母亲在骄傲与难过这两种情绪之间挣扎着，无力地试图说服我再多待一年。我父亲更为了解我，应该注意到我并不倾向于读人文学科，但是他并没问我什么。也许这就是一种最初的征兆，预示着他那日益严重并且让他逐渐远离一切的冷淡漠然，可当时我并没看出来。而克里斯蒂娜在当时已经认定只要是我想做的事情都会有好结果，因此她更感兴趣的是打听罗德勒所住的房子，我们在海滩上相遇的确切地点以及这次拜访的一切细枝末节。在接下来的几天里，我注意到每到下午她总会神秘地失踪。一次我忍不住针对她每次回来时在地上留下的沙印开了个玩笑，她猛地涨红了脸，难过地看着我，我立刻闭上了嘴。我从没见过我妹妹这样。但是我避免靠近她，或者问她些什么，因为我更想做一个不知情者，什么也不知道。

她则变得更为沉默寡言，同时还躲着我，像是害怕我给她什么建议或判断。我每天沉浸在霍尔戴恩的书中，呼吸着书页中散发出的毒气，每当她从海滩回来打开家门时，我抬起眼睛，总能在她那严肃得变了样的脸上看到爱情留下的创伤。

在八月的一个下午，我再次去了罗德勒家，这是我生命之中最为奇特的下午之一。镇上的街道荒无人烟，寒风吹得人嘴唇皲裂，搅得大海轰隆作响。他母亲一见到我便高兴地喊出了声，做着手势让我快点进屋。

"孩子，天这么冷您也来了。"

她将我带到厨房，那儿有个很大的炉子。她帮我脱下大衣和解下围巾。

"去敲他门吧，我来为您准备咖啡。去吧，去吧，古斯塔沃见到您一定很高兴。"

我敲了两次门，心里并不确定罗德勒是否会像他妈妈所说的一样。我看到他坐在书桌对面，头发散乱，脸色憔悴，像是前一天整夜没睡。在沙发旁有个燃着的取暖煤炉，这是我上次来没看到的。火苗在墙上映出一些跳动着的泛红的影子，然而它们也没能让房间暖和起来。他的母亲端着一个盘子走了进来，上面有两个杯子。

"我真不明白，"她嘟囔着，"为什么这里总是这么冷。"她弯下身子去拨弄火，之后又倒了咖啡。"我要祝贺您，"她突然对我说，"您母亲告诉我您打算明年就去大学了。"

"我妈妈她竟然已经跟人说了！"我慌乱地说，"这事儿还没定下呢，我得参加很多考试。我没想到您认识她。"我补充说道。

"有时我会在食品杂货店碰到她，"她的头半转向她的儿子，却没正面对着他，"我多希望古斯塔沃也能够读个专业，跟他说了这么多次……"她把手放在了我的胳膊上，"您一定能够说服他的。"

我看了看罗德勒，他的眼睛里闪烁着不耐烦的光芒，有一阵子我真担心他会冲她喊起来，但是当我们俩单独待着的时候，他又回到了这个话题上，仿佛真的对这感兴趣似的。

"那么，"他问我，"你选了哪个专业？"

"我决定听你的，"我对他说，"数学。"

我相信罗德勒在字面上理解了我的话。

"这很好，非常好。"他一边沉思一边重复着，仿佛一个重要的棋子被放在了它正确的位置上。跟我之前所设想的不同，这个消息好像真的让他非常高兴。他的手朝堆在桌上的书伸去。

"这些东西日益复杂起来，它们变得太难了，在某一时刻，我或许也会需要数学来帮我理解这些内容。那么它还能有所依托：人类之力，不管怎样，它还能借助于人类之力。就是这样，"他兴奋地说着，仿佛找着了一个解决方法，"你就将是我的眼睛和耳朵。"

我看着他，难以确定他说这番话是不是认真的。我的脑海里第一次闪过这么一个念头：长期的封闭生活让他变得有些精神失常了。他沉思着，拿着咖啡杯的手停在了半空中，像是在就最后一个悬而未决的问题进行验证。突然，他用非常令人意外的礼貌语气问我觉得霍尔戴恩的那本书怎么样。我高兴地认为如果能回答得不错的话，或许他能将我由仆人提升为他的盟友，于是便带着那一时期我特有的卖弄姿态一个人说了好一会儿。罗德勒神情专注地听着，他赞同我的每一个判断以及我那些激动的言辞，然而我察觉到他希望我提到某样其他的东西，除此之外的东西。实际上，不管我到底在说什么，他所有的注意力都集中在想要知道我是否会说那样东西。就这样听着我的话，他越来越失望。我觉得自己被侮辱了，便停了下来。房间里一阵寂静。

"是的，"他说道，"这些都没错。"为了鼓励我继续说下去，他又复述了我的一两句话。可他所说的那些不冷不热的话语听起来倒像是不痛不痒的幼稚的称赞。我想他明白了自己正把事情越弄越糟，因此他的话语再度变得小心翼翼起来。

"你所说的一切……在我第一次阅读的时候，我也感觉到了，也是完全一样的感觉。这些都是已经被猜中的完成的部分。但是在一部伟大的作品中，那些未完成的或是表达失败的部分也是能显现出一些东西的，例如那些前后矛盾之处，材料之中不能读懂的地方，还有一些极难的地方，为了继续读下去不得不忽略某些细节。这是不可避免的，"他继续说，"因为所有作品，哪怕是最为复杂的，也是一个简化的过程，一个归纳的过程。从作者面前的这种事件和关系错综复杂，半连贯半散乱的无限混乱，到作品的细化，其间作者只能保留少量要素，并应以最好方式将其组合起来，从而创造一个幻象，一个朦胧的、符合现实的幻象。这才是本质上完成了的部分：一种理性的掩饰，一场弄虚作假。可是就在这样的错误里，透过这些裂缝，一个人才能偶尔探见真正的深渊，窥到原本的那片视野。"

"是吗？"我仍有些不满地说道，"那可怜的霍尔戴恩又在哪儿犯了错呢？"

罗德勒没理会我讽刺的语气。

"比方说你没注意到激情那个主题吗？林德斯乔姆一开始被写成一个毫无任何感情的人。在前几页就说了：**他几乎没察觉到自己身处何处，冷淡的光环笼罩着他**。当有人问到对他而言是否存在一种比爱情更为强烈的激情时，他毫不犹豫地回答说：

是的，那就是精神上的好奇。 霍尔戴恩非常勇敢，能写出这样的话，创造这样一个完全理性化的英雄。可是之后，在他第一次真正感受到激情时，林德斯乔姆陷得不是有些太快、太容易了吗？这段与妓女间的罗曼史难道不让人有些失望吗？至少要承认它是怪异的。考虑到林德斯乔姆的性格特征，这当然是怪异的。露水情缘这一题材本身是非常常见的，这在文学中屡见不鲜。甚至能够察觉到霍尔戴恩在讲述这段故事时也颇感不适，整个故事被以最为间接的方式讲述，这并不是出于作者自身的道德约束。由于作者自身也不能为这个故事进行辩白，所以只能最终将其解释为林德斯乔姆本质上产生了'化学转变'。整个故事像是被硬生生插进去的。可是为什么作者需要将这个故事写进去呢？"

"后面就解释了，"我说，"这象征了毁灭，指的就是林德斯乔姆放弃了他的救赎这一举动。"

"是这么说的，的确是。可这听起来还是像一个由果及因的辩解，为了不背离前文而狡猾地下的一些功夫，它扯得很远好让前文站得住脚。可实际上这只能让事情变得更糟糕。因为爱情可能会让人犯下千过万错，却唯独不会将人导向毁灭。这是过于神圣的一个领域，在一切拥抱中，哪怕是看起来最为伤风败俗的，都会残存着一丝宗教的影子，一阵圣餐仪式上的回响。"我不需多说从他的嘴中说出的"爱情""拥抱"这些字眼是多么的怪异和让人疑惑。可我也受到一些震撼，因为不管怎样，罗德勒只不过跟我一般大小，却好像非常清楚自己正在说些什么。"毁灭，"他说，有一阵子他的声音有些抖，之后便恢复了以往的冷漠，"应该是一种单独的行为，是背着所有人的。此外，这个行为是如此可怕，以至于能与无限的慈悲之心对抗。事实上，只有一种对上帝的冒犯是毫无转圜余地的，那就是对其取而代之的企图。"

"谋杀，就像陀思妥耶夫斯基在作品里所写的一样。"我说。

"或是知识，"他应该是看出了我的惊讶，因为他又干巴巴地补充说，"当然不是人类用来自我消遣的那四五条法则；不是这些残渣，这份勉强凑合的智慧，而是真正的知识，被魔鬼和上帝共同守护着的智慧。"

他的眼神变得冷酷起来，有一阵子他像是在直言相对，他仿佛真正看到了那两个立于他面前反对他的敌人。他带着僵硬的微笑，再次对我说话：

"不管怎样，你已经看到了，林德斯乔姆和那个玛利亚·玛格达莱娜的恋爱是不可能让我主震怒的。"

"也有可能，"我冒了把险，"作者把这个故事写在里面并不是因为它本身很重要，而是因为稍后的情节需要。正好，"我想了起来，"就是在这段关系中他患上了性病，这一让他感觉到魔鬼的狂热根源。"

"不，"罗德勒说，好像已经考虑过这种可能，"如果只是要察觉到的话，还有种比任何性病都更为有效的方法，这个方法与林德斯乔姆性格要一致得多。"

他停了下来，好像不太确定是否应该继续下去。

"什么方法？"我问他。我想听他说说。他冷静地看着我。

"玛格丽特所用的那个方法，拉格医生也曾经就这方面跟我们谈过很多。它与当时那个时代契合得非常完美，还不会显得那么的造作。霍尔戴恩为了不让人治好林德斯乔姆的病，必须安排两名医生死去。这两宗谋杀只为了使那梅毒的病情发展显得更为真实可信。"

我突然想起原因也有可能是浅显的。

"难道这就不能只是霍尔戴恩本人曾经有过的一段亲身经历，他忍不住把它给写了出来吗？归根结底，在他所有的书中，包括在这本当中，有很多地方他都是使用自己的经历的：林德斯乔姆就是他。"

罗德勒迟疑了，但只是一会儿。

"有可能，但这并不足以解释其他内容，为什么他同样也屈服于其他几段激情。比方说，他同那个俄国舞蹈演员的爱情，就并非取自他自己的生活，而是来源于毕加索的经历。你不要忘记，我问的是林德斯乔姆，这个孤独的英雄，他本应有能力摆脱一切感觉，结果却是这么的脆弱，或者用霍尔戴恩的方式来说：为何避世隔绝还敌不过他人的嘘寒问暖？"

"可这究竟是一个问题，还是说你已经有答案了呢？"

"我有一个想法，"他非常慎重地说，"我想霍尔戴恩是屈服于一种作者的畏惧。他害怕如果自己将林德斯乔姆的冷漠发挥至极限，那么他最终将成为一个'超乎人类的范围'的人物形象，一个标志，一个抽象的形象。是他创造出这个形象，没错，一个没有灵魂的英雄，一个要求得到灵魂的英雄，然而在创作过程中，他还是屈服于文学传统，因为这一传统能够允许任何激情发挥至极致：爱情，仇恨，嫉妒，一切，却唯独不能容忍智慧的激情。这古老的偏见认定智慧一定是冰冷的。仿佛智慧就不能燃烧并且创造出如生命本身这等最伟大的功绩一般！"

他沉默了，有些为自己如此激动而感到不好意思。这时我才发现他抖得厉害。我想大概是窗户有些打开了，于是便起身去关窗。刚靠近窗户玻璃，我就捕捉到了外面的一个影子，一个躲在树后的轮廓。天色很暗，但是我仍旧在树影间辨认出了那个正在逃离的身影，这个身形我太熟悉了。是我的妹妹。"天哪，"我想，"她在**监视**他。"

我转过身来。罗德勒仿佛什么也没觉察到。他那被火光微微照亮的脸还是静静的，带着些警惕的神情，好像听到了这房间里面的脚步声。我跟他说我该走了，他慌忙将脸孔转向我。

"可是……我们还没谈到最重要的。"他的声音吓了我一跳，听起来就像是被人掐住了喉咙，几乎听不到。"那份协议，"他发音极为吃力，有一会儿我以为他不能再继续往下说，"在那份协议中也有前后矛盾的地方。"

他控制住了自己，似乎再度进入了安全范围。可他泰然自若的语气却与脸上时刻警惕监测四周的表情形成鲜明的反差。他飞快而又紧张地对我低声说话，好像非常害怕再度停顿下来。

"作为出卖灵魂的交换，林德斯乔姆得到了什么呢？时间，二十四年的时间。可这并不是随便的一段时间，这点在协议当中强调得很清楚：这是一段伟大的时间，是一段一切都在极高甚至超高的水准之上运转着的激动人心的时间，是为了写出他的巨著所必需的一种时间。而这也正是矛盾之所在。如果只是将古老的沙漏翻转过来，林德斯乔姆是否能凭自己的力量就获得自由呢？但不能这样，当然，不可能这样！因为这本小说的伟大目的就是要直面那一时期艺术的关键问题：形式上日趋贫乏，对理性实施严苛审查，按照规定不可为之的事情越来越多，艺术正最终转变为批评，或是正步其他已死艺术的后尘，如戏谑诗文，总结性诗文。这一问题虽然只是一个题中之题，是那个伟大问题边缘的一个问题，但它本身已经非常之难，任何人类时间里的办法都是无法解决它的。因此恶魔应该提供一段超人类的、只充斥着激情与光亮的时间，一段由最根本的灵感这一完全纯粹的激情来主宰的时间。还有人说，灵感是不会让人有做出其他选择的可能性，无论是美化还是修改，在灵感之中，**一切都会被当成一种幸运的启示**。那好，这难道不是过分了吗？这个馈赠最终不就导致协议无效了吗？原因就是，这部作品最终究竟是属于谁的呢？当林德斯乔姆得以完成他的巅峰之作，那本《沙之钟》——里面的沙之钟被刻意地被描写得跟达利的软钟一样——他做了什么呢？**他毁了画笔**。在他最后的致辞中，他非常明确地表示应该崇敬恶魔，因为他的整本作品都是恶魔的著作。当然，他只是偶然提到的，因为霍尔戴恩非常清楚自己笔下的人物所冒的风险，他知道这样一份协议里会蕴含着这个弱点，林德斯乔姆可能会受到限制，成为区区一个恶魔灵感的执行者。因此他才强调林德斯乔姆应该受尽苦难并且完成一些极为艰巨的任务，而恶魔仅仅解决那些阻滞全局的关键性难题，也就是一些令智慧犹疑之处。然而仅凭这样就将人的智慧给控制住了。这里的一切，不管怎么说，难道不是有些太过了吗？"

罗德勒往四周扫视了一眼，自己回答了这个问题，好像并不确定自己能坚持说到什么时候。

"这是太过了，没错。一个真正的被选中者永远不会接受这样一场交易，"他提高了声音，"当恶魔出现，当它披着真正的外衣 ① 从火中出现，并要给予他这二十四年的时间时，他会说：'不，我不要！'"

他满怀恐惧地缄默了。他的声音已经完全嘶哑，那句"不，我不要"有些戏剧化地变得极为尖利，像是一个歇斯底里的女人发出的叫喊。通过他的讲述，我感到，这一内容所包含的不可思议的广阔范围一点点地展开了。

"这样的话……"我问他，"恶魔会有什么反应呢？"

罗德勒打开了书桌的一个抽屉，他从一个瓶子里拿出两片药，然后机械地将它们一片接一片地吞了下去，他看上去已经筋疲力尽了。

"会有什么反应？"他毫无感情地说，"也许它会抓着他的脖子大喊：那你就不会得到的！"

"**你不会得到**。这就是说……"

"我想是的。"他说。他把一只手放在眼睛上。"现在我要试

---

① 此处借用了俄国作家陀思妥耶夫斯基在其作品《卡拉马佐夫兄弟》中对恶魔身着古怪服装的描写。

着睡个觉。晚上我已经不能睡了，会做噩梦，"他极为疲倦地看着我，"你试过每晚都做噩梦吗？"

我茫然离开了他的房间。厨房里没人。我穿上大衣，但没能把它给扣上，再胡乱把围巾系上。罗德勒的母亲在门口追上了我。

"孩子，您喜欢苹果酱吗？"她把已经给我准备好了的一个很大的瓶子递给我。

"是的，我很喜欢。谢谢，谢谢！"我急切的答复让她笑了。在逆风而行的一路上，我都把这个瓶子当成护身符一般紧紧地握在手中。

七

　　你获得了奖学金让我们非常高兴；之前我们就确信他们会将奖学金发给你的，可不管怎么说，当时有那么多人参加考试呢。让我们倍感骄傲的是，你小小年纪就能进大学而且还能够自食其力。想想你之前还抱怨说自己没罗德勒太太的儿子聪明呢。顺便说一下，不久之前我遇到了她，她不停地向你问好。好像她已经接受了自己的儿子变成个废人这一事实。她告诉我说，自从他中学休学以来就没再离开过房间。他跟她说是在学习，在学某样非常重要的东西。你能够想象吗？他甚至连中学都不想读完。当然，他也不想工作。对我而言，这是一种典型的不成熟的表现：不想承担责任。更糟糕的是他们没剩多少钱了，这个可怜的女人已经在做甜点准备在旅游旺季的时候去卖了。你是怎么想的？总之你看到了，智慧只是事情的一部分，但只有智慧却没志向，也是成不了大器的。我担心的是你妹妹，那么多人爱慕她，她眼里却只有那个小伙子。她还以为我没察觉到，可是当妈的总会发现，就连那些我不想知道的事情也逃不过我的眼睛。我要好好跟你说说这事儿，哪怕这并不是一个适合在这里提到的话题。

她还跟我提到我的父亲正在考虑关闭他的工作室。**他累了**，她只说了这么一句，末了还写给我很多菜谱。**好让你不要每天都吃香肠和汉堡。**

她提到罗德勒让我吃了一惊，我不记得自己曾经**抱怨**过他比我聪明。**只有智慧却没志向，是成不了大器的**，我妈妈是这么写的，实际上我也曾努力让自己这么想，这就像我的一张隐秘的王牌。可现在，它被我妈妈写了出来，在我听来就变成了一番小里小气、令人难以忍受的陈词滥调。我感觉到那股自从来到布宜诺斯艾利斯以后几乎已经淡忘了的、久远的躁动不安再度在我体内复苏。我确实说不出任何感到不满的理由；我过得称心如意，生活对我是善意的，有时连我自己都会这么觉得；我在入学考试中取得了前几名的好成绩；来这里的第二个学期，我被选派参加大学奥赛；数学对我而言就是一个没比象棋难多少的游戏。虽然在系里有一些极为突出的比我更为聪明的同学，但我仍能审视他们，并且感觉到他们在本质上跟我一样，因为我察觉到，他们也只是属于拉格所划分的那个范畴之内的。

是的，一切甚至比我此前所预想的还要好，然而我还是没能忘记罗德勒；我母亲的这次提及足以让他的阴影再度浮现出来，他那恼人的沉默像从前一样开始侵蚀一切。比如说母亲提到的我妹妹的情况，是像此前我知道的一样还是又发生了些新的什么呢？我不可避免地想起了从罗德勒家里回去的那天晚上跟我妹妹之间的情景。晚饭时，我们在餐桌上都试图装着什么都没发生的样子。对我而言，如果再让她那么羞愧，我自己也会感到无比难过，因此我把注意力全集中在自己的盘子里，避免跟她说话，以防我说话时语调的变化或是看她时的某个疏忽透露出我刚才已经发现是她这一讯息。之后我回房躺下，试图在头脑中整理一下罗德勒对我所说的那番话，就在这时克里斯蒂娜没敲门就闯了进来。她光着脚，穿着睡衣，脸上还有泪痕，看起来很绝望。

　　"我就这么难看吗？"她哽咽着对我说，"就这么难看？"她痛苦难当地一把脱下睡衣，赤裸地站在我的床前。我吓了一跳，赶紧用手肘支着坐了起来。她无力地跪坐了下来，将头埋在床单里，双肩因哭泣而不停地颤抖。我给她披上一条毛毯，很长一会儿，我都只是尽可能温柔地抚摩着她的头发。当她终于能够再开口跟我说话时，她抽噎着告诉我前一天她在海滩上径直走到了他的面前。

"他没看到我，他的眼睛是睁着的，我就停在他的眼前，他却一直没看我，"她突然惊恐地抬起了头，好像答案一直就在嘴边儿，"他吸毒，是不是？"

"我想是的。"我说。

"可是……为什么？"她用祈求的口吻问我，"他怎么了？"

我几乎就要告诉她我跟罗德勒的那番对话了，可突然我自己都难以相信那场对话，就像是我做了一场梦。我试图安慰她。

"或许他只是每隔一阵子抽点大麻。"

克里斯蒂娜哀伤地朝我苦笑了一下，转过身子把睡衣穿上。

"可怜的哥哥，"她临走前对我说，"你总是希望什么事情都不那么严重。"

我自以为在这晚让克里斯蒂娜重新打起了精神，可事实上，我是在慢慢地永远失去她。那是她最后一次对我敞开心胸，从此以后，她难以捉摸，仿佛下定决心永远不再靠近我。关于这点，当然，当时我是没觉察到的，因为那时我正在参加象棋大赛最后几天的比赛，对棋赛的专注让我看不到周围的太多东西。最终我赢了，获得了奖杯，报纸上还登了我的一张照片，我却没有感受到此前一直期待的那份喜悦，罗德勒那句鄙视的话语还是起了作用。罗德勒，永远都是罗德勒。现在我已经证实了，距离并不能解决问题。我试着忘记那封信，可在接下来的几个月里，我开始感觉到有什么念头在困扰着我，这个念头逐渐具体，直到终于像进入聚光灯下的图像一样变得明晰。在我的每一段空闲时间，当我放下功课去电影院时，当我在食堂饭后闲聊的时间稍长一些时，总会有一个清晰得令人难以忍受的念头闯进我的脑海中：在三百公里外，就在这个时候，罗德勒正伏在他的桌前，在所有被我荒废了的时间里，他都在不断地思考。

参加完十二月份的考试后，我在暑假回到了老桥镇。我妹妹在公交车站等我；这一年里她出落成一个美得让人窒息的女孩。我们有些不大自在地微笑着打量对方。

"你留长发了。"她说。

"而你，"我用赞赏的语气开了个头，"你……"可我还没来得及对她说些什么，她便给了一个拥抱。我看到父亲那辆老旧的标致牌汽车正好好地停在外面。

"嘿，"我说，"你什么时候学会开车了？这我跟你说过……谁教你的？"

她又笑了。

"你别担心，"她说，"我自己学的。"

天开始亮了，通向小镇的路上十分冷清。她非常仔细地观察着路标，而我则注视着她的侧脸，注视着她脖子优美的弧线，还有她身体那神秘的、最终的变化。她每隔一段时间便向我侧过头来，有些忧郁地微笑着，像是在说：**是啊，可是这些都不重要。**

当天下午，午饭后，我在家中无意引发了一场争辩。我那比以往更为沉默的父亲去了他的藏书室，好在他的大扶手椅上打打瞌睡。克里斯蒂娜穿上了泳衣准备陪我去海滩，当她在厨房再次出现时，我大声地开了个关于男朋友和追求者的玩笑。

"是啊，"我母亲说，"他们排着队。但你妹妹是'不小姐'。你想想看，她宁愿一个人去参加期末舞会。"

克里斯蒂娜朝我转过身来。

"妈妈想让我跟阿尼瓦去。"

"跟阿尼瓦·库弗雷？"我有些不敢相信。

"他大变样了，"我母亲说，"工作以后，他就变成另一个小伙子了。我是说我为他感到遗憾：他每天都拿着花来。"

"是库弗雷花店的花，"我妹妹说，"只有他叔叔才肯雇他。"

"至少他不是瘾君子。"我母亲平静地评论道。

我妹妹气得涨红了脸。

"我走了，"她说，"我在堤坝那儿等你。"

"你不要这样看着我，"我的母亲一边拿起盘子一边说，"这是我不能避免的，我为孩子们操心。这儿可不是布宜诺斯艾利斯。尤其是对于一个女人而言，如果她晚上不回来睡觉，早晚都会有人发现的。"

我找到克里斯蒂娜时她正抱膝坐在沙地上。她在泳衣外披了件外套，并且把它拉开盖住了腿，微微地挡了些风。旅游旺季还没开始，远远地只能看到两三个垂钓者，都是跟我父亲一块儿钓鱼的老朋友。我在她身边坐下，掏出两支烟；风吹个不停，我好不容易才把它们给点着。

"技术退步了。"我说；她笑了，之后便盯着烟头上的火光看了一阵。

"我有一次在家抽烟，"她说，"没当着妈妈的面，但是爸爸在场。"

"他说什么了？"

"他视而不见地走开，躺到他的大扶手椅上去了；他毫不介意。但我想最近他已经什么都不介意了：有时他整个下午就那么坐着。我觉得他打算关闭工作室，想要退休了。"

"是啊，妈妈也跟我提了一下。那她呢，她怎么样？"

"妈妈？她还是老样子；她永远都不会退休的。"

我们延续着之前的对话方式，小心翼翼地说话，两人像是都不能确定究竟什么依旧、什么已经改变。她机械地不停用手捧起沙子，握成拳，再将手心里的沙粒集中放在一堆。她并不看我，或许是因为我一直盯着她的缘故。有一阵子，我们都沉默下来；我们都预料到容易应付的那部分已经说完了。于是我问起罗德勒。只是一个简简单单的问题，她却恼怒而痛苦地看着我，像是我出其不意地给了她一拳似的。

"是她让你这么做的，是不是？是妈妈让你问的。"

我向她发誓并不是这样，可是她不相信我；她把烟摁进沙里，猛地站起了身。

"您和她本质上都是一样的；什么都不知道，什么都不了解！"

她往海边走去，之后在那里停了下来，她低着头，双手抱胸，宛如一个水边颤抖着的雕塑。

没过多久，我在布宜诺斯艾利斯感受过的那种焦虑又开始啃噬着我，那些在太阳下无所事事的时光以及夏日里昏昏欲睡的慵懒都让我心怀罪恶感，甚至在我乘着自己的小帆船下海或是在夜里陪父亲钓鱼时，我都开心不起来。我没在海滩上遇到罗德勒，这并不让我惊讶：他应该是非常厌恶旅游旺季里老桥镇那沙滩上满是啤酒罐、太阳底下人头攒动的景观的。我计划好了要去看他——实际上我也有些"所见所闻"想要告诉他——可是一种发自内心的抗拒和一种愚蠢的骄傲让我一天天推迟了拜访时间。一月中旬的一个下午，我在邮局遇到他的母亲。我当时正在排队买邮票，没听到她走了过来。

"让我猜猜，"她带着有些滑稽的愉悦表情对我说，"是给女朋友的信。"

我笑着承认差不多是这样。我们亲切地对视着。

"您把头发留长了。现在更瘦了。您的女朋友不会做饭吗？"

"您也换了发型。"我说。

"您真是观察得很仔细，"她轻轻地碰了碰头发，"我没其他办法：我这儿长了个囊肿，最近大了些。医生们说没什么。但是很难看。在我这个年龄，"她叹了口气，"做什么事情都不会是仅仅出于爱美这么个目的。"

"古斯塔沃他好吗？"我问道。

"还是跟以往一样，"她沮丧地说道，"关在房里。但是您听我说：如果您还是像我记忆中一样绅士的话，就请您帮我把这个包拿回家，跟他说一会儿话吧。这几瓶是甜奶酱。您知道我的新工作了吧？我待会儿让您尝尝我做的阿拉糊①。"

一路上，她继续跟我说着话，整个人带着股年轻人般的兴奋劲，这让我隐约有些罪恶感；我只是心不在焉地听着她说话，真正思考的却是再度走进那所房子后，见到罗德勒时会怎样。

---

① 阿拉糊，用杏仁粉、胡桃粉、面包屑等加香料和蜜做成的一种甜食。

我随口称赞了门口花园里的一片杜鹃花。

"他们都说杜鹃花在这里生长不了，"她骄傲地说，驻足欣赏了一番，"但您现在看到了，"她弯下身子拔去一根野草，再看了眼这些花，有些不好意思地朝我微笑了，"也许是我跟它们说话的缘故吧。"

她帮我把包裹放在门廊的台阶上，接着往前走，打开了门。

"古斯塔沃！"我听到她喊着。我走进去，将那些瓶子放在了厨房里。"古斯塔沃！"她又叫了声，"一个惊喜。"

罗德勒从房间门口探出头来，勉强跟我打了个招呼。他一点都没变。我集中精神看仔细了，才觉得他的眼睛似乎更亮了些，双手有些神经质地颤抖着，这是在我以前的记忆中没有的。他的房间也还是以前的样子，仿佛房内的光阴从来不曾流逝。我拿起一张椅子上的一摞书，心里打定主意这次不能把他的话太当真。

"你还是每天陷在这堆被你房间这铺天盖地的灰尘笼罩着的书里吗？"①

尽管不太情愿，罗德勒还是微笑了；我模仿着大学讲演里

---

① 这句话引自《浮士德》，但此句的西文与《浮士德》原文稍有出入，原文可参照绿原译本第16页："被这一大堆虫蛀尘封的古籍团团围住，它们一直堆到高高的拱顶"。

常用的夸张语调，兴奋地继续跟他说下去。

"逃到广阔的国土去吧！让枯燥的悟性在这里向你解释神圣的符箓，是白费气力。"①

"广阔的国土……作为一个陷阱，它实在是过于老旧了；从前在山顶上魔鬼就是这么引诱基督耶稣的②。我会给你一切：这个世界上的王国和荣耀。只要他屈服于生命的控制，过上人类的生活。这就是它的计谋：让我们从这个世界上消亡。但是这个世界只不过是个例证，这个世界的王国也就是各种机缘巧合的王国。"

"这有可能，但你必须要承认有些机缘巧合还是很了不起的。"

罗德勒顺着我的目光一道往外看去。两个刚从海滩回来的女孩几乎就停在了落地窗的正前方。她们正等着两个拿着海滩毛巾、撑着阳伞走在后面的女孩。当她们会合时，一个女孩笑着朝我们这边指了指。在她们身影消失之前，后面两个女孩转过身来，举起手朝我们打了个招呼。我发觉在这一时刻我还是略占优势的：罗德勒不知道这一年来我变了多少。这让我突然有了种侥幸逃脱的感觉。

"这种诱惑，"我说，"你是抗拒不了的。"

---

① 引自歌德的《浮士德》，中文译文引自绿原译本第 16 页。
② 在《马太福音》第四章中，魔鬼将基督引上山顶，并以世上的王国和荣耀对其进行引诱。

"我当然能够抗拒，"他有些不快地回答我，然后又像是为自己的粗鲁态度感到懊悔，于是换了种口吻对我说，"我所知道的就是，为了掌握那些至今无人得知的东西，我必然要穷尽一生之力。你要相信，这就是我为了得到答案而正在付出的代价。"

"可是如果根本就没有所谓的答案呢？或是最终证实了，比方说，解决方法根本就在人类理性的范围之外呢？"

"如果你指的是康德的那套论据的话……"

"不。我想说的是不久之前被证实的一个通过数学逻辑得出的结果，这是一个完全无懈可击的定理。我是听一个名叫卡凡多莱的阿根廷数学家提起的，他现在人在剑桥，曾经在布宜诺斯艾利斯做过一系列讲座。他说这一结果可能影响的范围还不太明确，但是它很有可能成为最后一颗利钉，彻底将哲学封棺埋葬。基本说来，这个定理验证了目前所知的一切体系都有其不足。所有的体系：从最古老的宇宙起源学、十九世纪几个大型的体系到结构主义和维也纳学派 ① 近期所进行的一些尝试。尽管这就够让人印象深刻了，"我尝试着复述卡凡多莱的话，对他说道，"但这一想法并不是那么新颖，因为归根结底，这种

---

① 维也纳学派，20世纪20年代发展起来的一个自然科学和哲学的学派，他们拒绝形而上学，认为只有通过逻辑分析的方法才能解决传统的哲学问题。

无力感早已存在，形式千变，一个多世纪以来，它都存在于这时代的精神之中；甚至在哲学里，自康德以后，也有它的影子。因此现在数学家们将它列为程式这一举动应该不会让任何人吃惊。然而有一点确实是新颖的，也正是这一点使这个定理变得真正的不同凡响，就是它将哲学体系中的精准概念抽象化，这样一来，这个关键的结果不仅仅适用于从过去到现在的这一时间段，来废除那些已知体系，它同样也能用于将来，从而消除以后出现任何哲学思想的可能。"

这最后的一番话完全达到了我的目的。罗德勒沉默了，之后他不情愿地对我说：

"这听起来很有趣；我想看看。"

"是啊，我就想着你会感兴趣的；我问卡凡多莱要了相关资料，自己进行了研究：这里面所用到的数学是相当基础的。如果你想学的话我能教你，"我说道，第一次有些洋洋自得，"当然详尽的演示会费些时间，有些定义是你必须知道的；但明天或是随便哪天我们就能开始了。"

"就今天吧；我可以让妈妈准备一些东西给我们稍后吃。你需要去拿本书来吗？"

罗德勒那曾经让我不满的霸道语气这次却令我发笑了。

"不；我记得很清楚。我只需要铅笔和纸就行了。"

当然，我所说的是伟大的塞尔登定理[1]，这是自三十年代的哥德尔定理以来最为深刻的逻辑学成果，当时轰动了整个数学界。人们都知道塞尔登在研究上已经走得很远，所需要知道的只是他到底研究到了什么程度。在今天，这演示过程已经有了简化版本，我记得是由列格尔和萨奇斯得出的；但塞尔登原本的验算过程漫长而烦琐；我自然得从头开始讲解。罗德勒几乎连中学数学的内容都忘记了。他给了我几张很大的四周都泛黄了的方形纸，我在上面写了些最基本的定义以及简单的例子。我们进展的速度十分缓慢。"**等一会儿。**"他一再地重复这句话，并且总在最明显的逻辑关系前陷入长时间的思考，或是问一些让人不知所措的问题，其他任何人只要听到这些问题都会怀疑罗德勒一无所知。然而我还清楚地记得那场象棋赛的情景，便没打算低估他。一开始我以为他想将这些他并不知晓的数学概念与一些常见的哲学范畴进行比较，或者说是想要确信自己正在全方位地理解这些表达形式上的术语。可他在分析每个依据时所表现出的重重疑心令我产生了一个更为荒谬、有些让人难以置信的想法，可这一想法却非常符合他的个性：那就是，罗

---

[1] 此处的塞尔登定理是作者虚构的内容，但从后文看来，作者参考了库尔特·哥德尔（1906—1978）在1930年公布的不完备定理。关于塞尔登，参见作者小说《牛津迷案》（人民文学出版社2008年1月版）。

德勒正试图用他那中等水平的数学来测试出塞尔登演示过程中是否存在某个错误。

不管怎样，我花了几乎一个星期才得出这一学说的关键结论。他的母亲每天下午都愉快地为我开门，在晚饭时间她给我们准备些三明治，或是在夜深的时候给我们送来咖啡。总是由我来提出第二天再继续；每当我从椅子上起身的时候，罗德勒总会把所有写着字的纸张整理在一起并且标上号；而每当我告辞时，我总有种感觉，就是我刚关上门，他便再度坐下并且整夜地继续复习这些纸上的内容。

最后一天，他好像总算是甘心接受这个理论了，他没有再打断我，只是阴郁地沉默着，甚而有些漫不经心地听着我说话。我对演示过程中的所有步骤进行逐一验证，迫使他承认每个步骤都是正确无误的，同时从它们当中总结出塞尔登那简单而又神奇的论据。罗德勒面无表情：他脸上仍是一副沉思的神情，仿佛还没明白这定理所揭示的内容。

"这里所讨论的并不是哲学体系，"我说，"可是，当然，对于塞尔登而言整个哲学体系就是一条公理化理论①：那些古老的宇宙起源学说，亚里士多德体系，莱布尼茨的单子论，甚至于

_____

① 公理化理论，即公理的集合，其中任何结果都是由一些公理通过逻辑的方式得出。

黑格尔或是马克思的辩证法，所有的这些概念都是基于有限数目的假设之上。哲学体系本身的思想即在于确定一些基本概念，以便人类理性基于它们进行思考，哪怕这些概念只是临时的。由于这些体系都在这一定理的假设范围内，所以它们都陷入了塞尔登所指出的悖论之中：要么这些体系是可判定的[①]，这样的话，它们就太简单了，涉及范围也会极为有限。要么就是它们能达到最起码的复杂程度，而这样，这些体系自身则会导致无解的公式[②]、没有答案的问题的产生。总之，"我说道，觉得自己报了旧仇，"这些体系要么就局限于小规模，要么就有一些无法弥补的缺点。"

罗德勒默默地把最后几张纸跟其他的放到了一块儿，之后冷冰冰地跟我道别。当我离开他家，走到下午晴朗的天空下，呼吸着暖暖的空气时，我不禁感受到一种难以言说的愉悦感，一阵疯狂的喜悦。太阳已经下山了，但跟其他的夏日黄昏时分一样，天空仍一如既往地亮着。我往下走到空无一人的海滩上，在海边那些潮湿的沙粒上跑了起来，我像疯子一样在风中奔跑着，身边传来大海深沉的轰鸣声。随着双脚的疾驰，我感到生命又再次充实了起来。

---

① 在逻辑学中，如果一个命题能被一个理论中的公理证实或是否决的话，那么这个命题对于该理论而言就是可判定的。
② 无解的公式在此处意为不可判定的命题。

八

　　接下来的假期里，我没回老桥镇。我想要"见识这个世界"。我没怎么计划行程，课程刚结束，我便带着这一年来省下的钱去北方旅行了。我经萨尔塔①到玻利维亚，又换乘了两趟汽车后，便到达了秘鲁的普诺②。之后再沿路从那里去了库斯科③。在到达的第二天，一个令我永远难忘的一月下午，我徒步登上了马丘比丘。当天早上已经预报了会下雨，观光团都没有上来，在沿着山上的城堡走着的时候，我发现这上面完完全全只有我一个人。感受着行走在禁忌之地上的感觉，我从葬礼石探头往印加人的圣谷望去，那景色让我深受震撼，如痴如醉，我第一次觉得，我对自己骄傲信仰着的无神论产生了怀疑，这无尽的寂静仿佛会将它彻底摧毁。之后我在库斯科待了一个月，

---

　　① 萨尔塔，位于阿根廷西北部。
　　② 普诺，位于秘鲁东南部，的的喀喀湖岸边。
　　③ 库斯科，位于秘鲁东南部，至今仍保留着很多印加文明的遗迹。

但没再去过马丘比丘，因为我尤为害怕相机的闪光灯，导游的解说声，或是一句英语的感叹会在某种程度上毁掉那段深刻的回忆。一月底，就在已经决定要回去时，我在一个交易广场认识了一个学考古的阿拉伯学生，她说服了我，让我跟她一块儿去利马北边的羌凯，去看看前印加文明时期墓穴中的陶器。于是我用本来打算用来买机票的钱在集市上买了一个双肩包以及一双橡胶拖鞋。我第一次觉得自己是一个无须负责、快乐自在的冒险家，并且由着她拉着我一个村接一个村地游玩，一直玩到了夏末。

回到学校时，我在门下发现了两封信。第一封是一份来自军队的文件，以及一份服役通知书；另一封信是罗德勒写的。这些年来我都小心翼翼地保存着这封信，却始终都没能理清思路读懂它。他的信上既没写日期也没有抬头，下面就是我对这封信一字不落的记录。

我知道我应该感谢你去年夏天给我上课，可我当时没这么做。这几个月我都在研究你留给我的那些纸上的内容，而随着时间慢慢过去，我越发觉得应该好好地感谢你。一开始我的确心存怀疑，甚至还动摇过。但如果思考得够深入，便能发现一切新出现的对立因素都只是表面的：事实上它指明了需要攻克的一个新高度，人类理性会顺势将这一内容纳为己有，从中吸取养分，将其扬弃。塞尔登定理并没扼杀一切哲学体系存在的可能，出于一个简单得近乎荒谬的理由，它不能做到这一点：就像你所猜到的，因为我正在发展一个无疑会超凡脱俗、也并非难不可及的体系。然而，塞尔登的结论是无可指责的，他的确将此前的所有哲学体系都归为低级的推测。但这一结论不能运用于我的体系上，因为我的体系性质是完全不同的。这一切的理由，就像所有这一类情况一样，是难以发现却又容易说清楚的：到目前为止的一切哲学思想都从头到尾被二元逻辑所充斥。也只可能这样，因为逻辑思想的形成要早于一切哲学。这严苛的非是即否的亚里士多德式的逻辑，是人类唯一所知的逻辑，它不仅仅限制了论证法、验证形式、辩驳形式，甚至连一切范畴也受困其中。接下来有些人试图逃出这种逻辑，如斯宾诺莎、黑格尔、鲁卡谢维奇[1]，他们也的确设想过另一种不同的哲学会有怎样的法则和依据，但二元论完全限制了他们的思想，他们的想象是有限的。他们进行的想象就像是一个只知道直线的人想象圆圈是怎么回事一样。塞尔登定理则揭示出这在本质上是

---

① 鲁卡谢维奇（1878—1956），波兰哲学家、逻辑学家。

不可能的，并且让人认识到错误之源。我再给你用几何学来打个比方，这是我刚刚想到的，或许更为具体一些：假设二元逻辑是一个平面，塞尔登定理适用于画在这平面上的一切图形，但却并不适用于立体图形。

之前我对这些一无所知，直到我在尼采书里的一页读到了被人们遗忘的一些文字①，这些文字是关于人类大脑思维形成的，并且将逻辑描写为漫长简化过程的结果，简化是人类为了生存而必须做到的，可是这样做却完全不合逻辑：它主要让人们倾向于用对待同样的东西的方式来对待相似的东西，拒绝一切变幻不定的事物，决不犹豫反思，在本应谨慎或质疑的时候总是屈从于更为迅速、活跃的动物本能。总之，逻辑就像是我们很早之前产生的一个误解，而我们却在习惯中酣睡，看不到它的真面目。这短短的几行字精辟归纳了那总伴随着我生命的怪异感。我第一次觉得，也许并不是我错了，于是我决定仔细思考至今为止所学过的所有内容，从"基础的基础"开始重新审视这一切。你无法想象，或者说没人想得到我的进展速度是多么的慢，简直令人绝望。我一次又一次地尝试着将被习惯所同化的概念分割开来，努力

---

① 此处指的是尼采的作品《快乐的科学》。

让人类思维恢复到中等状态，并使人类重新面对最基本的推论、已经消失或是被忘记的联系、原始的直觉，尤其是事物的内涵，因为它被损害的程度简直就让人难以想象，几乎就被形式上的对等彻底摧毁了。但是这些年来我获得了一个方法，也是一种能力，它让我能看到一种新的理解方式在这尘世之上升起，这种理解方式将开启另一个世界之门，而这个世界至今仍空无一人，等待着人类进驻。然而我并没有完全成功。我所取得的成绩还面临着威胁。我现在明白——是你让我明白的——我究竟孤独到了什么程度。我现在所面临的最后一个问题或许更不容易。让人类那老旧的理性来接受这门新的科学。你注意到这件事给我出了个可恶的难题了吗？身体健康并不意味着会治愈病人。怎么才能让人类理解一件他们永远都不能理解的事情呢？怎么才能让他们明白我的意思呢？直到那时我才能现身人前。祝我好运吧，因为我正携着一缕不曾流传于世的智慧火苗，从亘古以来的思维禁地去往人间。

　　之后我曾多次重读这封信。一开始我只是想在字里行间找到一些迹象，并且透过它们看出他的某种疯狂、他那充满神秘色彩的思想，或是他那可悲又可笑的妄自尊大的姿态。仅从他号称有新的世界这件事上不就能看出他思维上的错乱吗？我也想过，或许罗德勒因为不愿认输而编造了这一切，为自己的聪明才智留了条后路：说自己掌握着某个秘密，却又因为这个秘密的特殊性质而无法揭露它。不管怎样，我没扔掉这封信：虽然我不愿承认，但信里的中心论点以及那个几何学的例子的确是有说服力的。为什么其他部分就不能也是正确的呢？不管怎么说，现在我读这封信，只能看到几个巨大而伤感的字眼，它们几乎是隐藏在信尾部分，现在也只有这几个字能解释罗德勒曾经做出去邮局给我寄信这么一个不符合他性格的举动。**祝我好运吧**，这是他所能传达的最为接近求救呼喊的信息。

那年三月，我开始服役于步兵七团。我的好运没能让我抽到好签①，或是让我在体检过程中被查出些问题从而免于服兵役。在此之前的一番思考后，我已经决定不申请大学延期毕业：我以为只要熬过训练期就好了，一旦他们指定了我的去向，我就下功夫补回这一年功课就行了。然而现实比我想的更糟，开始受训后一个月还不到，一天清晨，我们被叫醒，在军营大院集合后，我们被告知国家进入战争状态。我们在最初的震惊之

---

① 根据阿根廷的征兵制，入伍者需要抽签决定自己在哪一兵种服役。

后恢复平静，接着又为军官们震天的吼声所震撼，紧张不安地收拾好野营装备后，我们在中午之前就搭乘上一趟军用火车南下。战争的消息把全国人的心都悬了起来，这个消息就像是当头一棒，带来戏剧性的效果。每到一个镇或是一个站，人们都会围着车蜂拥而至，擂鼓挥旗。看着那一张张激动的面孔和为我们送行而摇成一片的手的海洋，我第一次明白了罗德勒的话：**世界是一个例证。**

深夜里，我们到达了距老桥七公里的乌尔比拉路口。镇里的人拿着手电、照明灯早就到了那儿，他们还生好了熊熊的篝火等着我们。我绝望地发觉火车并没减速。我把头跟胳膊挤出车窗，一片漆黑中，我听到有人在喊着我的名字。我辨认出那是我的父母，他们正步履蹒跚地追赶着火车，我还看到我的妹妹也在后面。她在火堆旁站定了，双手高举，一个在旁边搂着她腰的人也在朝我招手：那人是阿尼瓦·库弗雷。

我们营被派往索莱达岛去保卫哈里特山 ①，在那里很少有人注意时间，现在算起来，我们大约在那里待了一个半月不到。投降当晚，我们就沦为阶下囚，之后的一个星期都被关在阿根

---

① 哈里特山，位于南大西洋的马尔维纳斯岛。1982 年 4 月，英国和阿根廷两国为争夺该岛主权而开战，该年 6 月，阿根廷战败。

廷港^① 的教堂里，直到两国谈判结束，我们才同其他部队的幸存者一起被送上"堪培拉号"。在甲板上我们洗了七十天以来的第一个澡，可洗好之后还得穿上原先破破烂烂的衣服。我们在马德林港^② 被放下船，一支护理队带着热饭热菜和干净衣服就在那儿等着我们。我记得当时我的感觉是一切都已经结束了。因为我没受伤，便直接搭宪兵队的车回去。到老桥镇时，我请假要求探亲，他们给我二十四个小时，我必须在一天后回所属部门报到。我下了车，面对着老桥镇的入口。那天很冷，天空明亮；街道，树，空气……一切看起来都跟以前一样，并在太阳第一束光芒的照耀下微微闪耀着。我家还是跟以往一样，门没锁，从厨房传来早餐咖啡的香味，宛如一个美妙的梦境。他们一见我，都惊喜地喊出声。

"是我，"我说，其实我更想大喊，**"没错，正是我。"**

大家都笑着冲过来拥抱我，你一言我一语的同时跟我聊着。我母亲松开我，打量了一番，又把我给抱住。克里斯蒂娜则紧抓着我的手，泪眼蒙眬地不停朝我微笑。他们又搬来一张椅子，于是我不得不聊起了战争，但我相信他们察觉到我并不想说得太多。就这样，我们四个人很快就陷入了寂静。

---

① 阿根廷港，也称史坦利港，是马尔维纳斯岛的首府。
② 马德林港，位于阿根廷中部，大西洋沿岸的一个港口。

"最好跟我说说大家的事儿吧。"我说。

"你也知道，这里从没太多新鲜事，"我母亲说，"你妹妹有个……"她高兴地微笑着。

"啊，是的，"我说，"我在火车上看到了，但我当时都不敢相信自己的眼睛。"

克里斯蒂娜刚起身去拿咖啡，她恳求地看着我。

"他是第二批被召进部队的，"我母亲说，"但他更幸运些，在陆地作战。现在应该也快到了，你猜猜克里斯蒂娜答应了他什么。"她满面春风地打住了。"克里斯蒂娜，必须由我来告诉他吗？"

"我们要结婚了，"我妹妹说，"就在今年年底。"

我表示在我看来这太疯狂了，克里斯蒂娜才刚满十八岁，近期正要中学毕业。可我母亲不以为然地笑了。

"我也是这个年纪结的婚，她又不用一结婚就生孩子。你这么说是因为嫉妒。我去给你找件你父亲的衣服，你就能去洗澡了。"

她在卧室里叫住我。

"还有一个让人难过的消息。罗德勒女士病得很重，她脑袋里长了个肿瘤。你该去看看她，她这段时间总是问起你的事。她没多少时间了，现在她就在家里：医院要空出床位，不让她再待在那儿。"

我在乘火车返回之前去看望了她。按了两次门铃，再敲他家的窗户，罗德勒才给我开了门。他没剃胡子，衣服也皱巴巴的，看起来比以往更为孤僻内向。他惊异地看着我，仿佛我的出现让他难以理解，使得他必须对此前的一个假设进行重大修改似的。

"我没想到……"话没说完，他突然不合时宜地朝我伸出手来，似乎想要掩饰之前的一瞬间他脸上无意露出的表情，虽然这个表情转瞬即逝，但我绝不会弄错：那是畏惧。在我眼中，罗德勒向我表示亲切的动作成了伪装，他的畏惧则变成了智慧的恐慌，现在想来，这类我当时常犯的错误是多么令人痛心啊。直到现在我才能体会到，实际上，在打开门那一刹那的疑惑过后，以他的智慧想必猜到我从战场安然归来这一点意味着什么，他并不想听我告诉他这些，但仍向我伸出了手。

"我来看你母亲。"我说。他同意了，领着我穿过一条我从没去过的走廊，接着，他停在一扇虚掩的门口。

"你确定想见她吗？"他问我，"医生给她做了化疗，她只是时不时地清醒一阵；或许现在根本就认不出你。"

我走了进去。她脸朝墙蜷缩在床上，看上去像是床上鼓出来的一个大包；浑身被毯子严密地一直盖到肩部，露出后颈，残存的几缕干枯的头发便垂在旁边。青紫色的肿瘤从她的耳后凸出，把皮肤绷得紧紧的。我想起她当时碰触自己头发时那轻柔的动作。"**医生们说没什么。**"我往前走了一步，却不知道该怎样称呼她。床上散发着浓重的花露水的味道。她应该察觉到有人进来，没动身子，但把头转向了我这边。她用一只眼睛看着我。

"您，"她像是等了我很长时间一般急切地问我，"您知识那么渊博，那请您告诉我，"她的声音突然充满了恐惧，"**为什么我必须死呢？**"

直直盯了我一秒钟后，她的视线游移至屋顶。

"您不知道，"她叹了口气，"您也不知道。"她转过头，又静静地蜷缩至墙边。

我蹑手蹑脚地走出了房间。

"我原以为……她跟我说过，"我低声说，"她当时说只是一个良性肿瘤。"

"现在也还是良性的，"他非常愤怒，却还是冷冰冰地说道，"这就像是个玩笑。肿瘤完全是良性的。是一个骨囊肿。医生说，如果长在外面的话，就只是普通问题。他们每天都要动一打这样的手术。只要局部麻醉就行了。但是这个肿瘤沿着头骨往里扩张了。医生没预料到这种情况，但有时这种肿瘤逆向生长的情况的确会发生。现在肿瘤穿过了头骨，医生也已经无计可施了。就只能等着它继续生长，等着这个良性的肿瘤仁慈地将她的颞骨挤裂。"他的声音变得嘶哑。"我原以为已经离她够远，只要能不跟她说话就行了。"他微笑了，但表情很怪异。"我应该就要做到了。"他说，接着又突然转过来看着我说：

"你把克里斯蒂娜带走，现在就把她从这儿带走。"

从罗德勒嘴里冒出我妹妹的名字让我震撼不已。

"克里斯蒂娜，"我干巴巴地说，"就要结婚了。"

"你还不明白吗？还是你以为奏响结婚进行曲就能让她停止？我知道你正想些什么，我非常清楚你在想什么，但至少在这件事上，你应该记住，能造成一个后果的，必然是真实存在的。"

为我开门的时候，他再次对我说："把她带走。"

九

在我生活在布宜诺斯艾利斯的那段日子里，妹妹只给我写过三封信。前两封是分别写来庆祝我那两年的生日的，虽然她语气轻描淡写，信上妙语连珠，但我仍能痛心地察觉到在这些表象之下，她拼命地压抑着自己不去提一个名字。收到第三封信的那天，也正是我生命中决定性的一天。当时战争已经过去三年，同英国的关系即将恢复，英国为了表示诚意，便派卡凡多莱过来提供一个奖学金项目，这个项目给即将毕业的学生创造了去剑桥深造的机会。就这样，卡凡多莱再次来到布宜诺斯艾利斯。我当时正在参加他组织的一系列研讨会，那天，他在中途休息时把我叫到一边。

"为什么您还没报名参加这个项目？您是我心中的人选之一；我同您的老师谈过了，他们都推荐您。"

卡凡多莱友善而又平静地打量着我。我非常惭愧，因为我知道我的任何理由听起来都很幼稚，尤其是我心中的真实想法。

"如果是其他地方，其他国家就好了；但偏偏是英国……"

"您想说什么？如果您想学逻辑的话，那个地方再好不过了，学校邀请了塞尔登本人在第一学期给学生授课。"他看着我，仿佛突然想到一个此前从未考虑过的极为荒谬的想法："或是您想告诉我，这是一个有关爱国主义的问题？"

"不，跟爱国主义无关，可我……当时就在岛上。"我说。

卡凡多莱沉默了一阵。

"对不起，我之前不知道。"他陷入了沉思，仿佛眼前的问题变得有些棘手。"我明白，您不要以为我不明白。但您可以这样想：那个地方是剑桥，不是英国。一个数学家的国家就是这个世界上所有的大学。"他表情严肃地看着我："请您向我保证会好好考虑这件事。"

我向他做了保证，但我的语气大概没能让他放心。

"为了确保您的确想清楚了，我要跟您说些不好听的话：您觉得自己还年轻，将来还有大把时间，无数机会，等着您来挑选。但这不是真的，您已经不那么年轻了，现在这些门关上了，以后可能也不会再有人来为您将它们打开。"

我沿着最远的一条路走回到系里；我想看看河流，于是便沿着河岸一直走到了船坞一带。每隔一段时间，便会有一架架体形庞大的飞机自机场起飞，猛烈划过天际，留下一片轰鸣。当我穿过树林到达意大利广场时，几乎已经是晚上了；在宿舍门口，看门人把克里斯蒂娜的信拿给我。信开头的口吻还是跟其他两封一样，但在第二页她的署名后又附了些内容，看起来是一时冲动写下的，但又出人意料地以推销的口吻结束，好像是冲动地写到一半时又后悔了。

婚礼也不会定在今年。我不知道自己怎么了。或者说，实际上我知道。我不能不见他。而且我想他现在也需要我。自从他母亲去世后，他家就毁了；他几乎吃不上饭，有时他一整天就只喝茶。一段时间之前我说服他卖掉了些家具，但这些钱也被花光了。后来他自己向我提议把书卖掉；我之前也考虑过这件事，但从来没敢跟他提出来。他说，就像《启示录》里所说的把书吃进肚里一样①。或许你不相信，但他当时的精神很好，甚至看起来很高兴。在我们把书装进箱子

---

① 此处指的是《启示录》第十章所记载的内容："我先前从天上所听见的那声音又吩咐我说：'你去，把那踏海踏地之天使手中展开的小书卷取过来。'我就走到天使那里，对他说：'请你把小书卷给我。'他对我说：'你拿着吃尽了，便叫你肚子发苦，然而在你口中要甜如蜜。'我从天使手中把小书卷接过来，吃尽了，在我口中果然甜如蜜，吃了以后，肚子觉得发苦了。天使对我说：'你必指着多民、多国、多方、多王再说预言。'"

的时候，他跟我说："我不再需要这些书了，我曾经是沙漠中的骆驼，曾经是狮子，现在我只要变形为孩子就行了[1]，而孩子是不需要这么多书的。"他的这番话是想说明什么吗？我知道他现在每天都去奥林匹斯俱乐部；有人告诉我他每天都在晚上七点左右去那里，要杯咖啡，然后一个人坐在一张桌旁，直到俱乐部关门。总之，我觉得你有可能会对认识论选集或是伯特兰·罗素的书感兴趣。不管怎样，你一定要来信通知我。

　　我把这封信带到厨房，趁着热晚饭的当儿，把最后一段再读了一遍。罗德勒已经完全放弃了。他卖书的这一决定还能意味着什么呢？可我不相信克里斯蒂娜会连他的精神状况也搞不清，更不相信他能伪装自己的情绪。那他的那份快乐是从何而来呢？那个关于狮子和骆驼的句子也没给我任何启示。也许人为了实现一个愿望，就必然要遭一份罪，也可能仅仅需要守住一些不可提前揭晓、神秘莫测得让人发疯的小小疑团，等着它们在一个确切时机走出疑云。在那一刻，我唯一关心的就是这件事：罗德勒是不是已经认输了；那些年来我一直都在等着这

---

[1]　关于骆驼、狮子、孩子的论述，详见第20页注[1]。

个消息，然而讽刺的是，我妹妹的来信却拒绝给我一个最后确定的答案。

那天晚上我睡得很晚，还做了一个短短的梦，睡得不是很好。可第二天醒来时，心情还是跟往常一样好，我没再读那封信，把它收了起来，接着清醒而果断地去了系里，并且把我的名字登记在卡凡多莱的名单末尾处。正如我已经察觉到的，离开这里对我而言绝非易事，就因为报名这一小小的举动，接下来我办理手续填写文件，忙得焦头烂额，直后悔不该背上这个烦人至极的包袱。剑桥的新学年还有两个月就要开始了，卡凡多莱坚持要求我们开学第一天就要到校。我已经给家人写了几行字，通知他们我的决定；而在打电话的时候，我又不得不跟我妈发誓，保证一定会回老桥镇去辞行：那些年来我回家的次数越来越少，上个假期，我又以学习为借口，没有回家。当然，这一做法给我带来了家人无穷无尽的指责、哀求和查问，而最后，他们则因受到伤害而陷入漫长的沉默，直到这个电话拨通，这份沉默才第一次被打破。我答应在老桥镇待上十天，但就像寓言中的惩罚一样，从那时开始，时间便不遂我愿，日子不受控制般地一天接一天过得飞快，我不得不把回家的日子往后推了一周又一周，直到只剩两天就要上飞机了，我才空了下来。在那段混乱的日子里，我穿梭于各个办公室之间，要面对各种专断荒诞的管理手段，还总觉得自己愚钝无能得不可思议；在所有这些事情中，我记得尤其清楚的是，当我在空荡荡的宿舍里最终合上准备带上飞机的两个行李箱，将它们放在床上，接着准备回老桥镇的行李，将换洗衣物装进包里时，我心头涌起的尖锐的怪异感。像是提前感受到了将来常有的一种感觉：那种不属于任何一个地方的感觉。

十

汽车在将近中午时到达了老桥镇。当时十月将尽，进镇路边的一些别墅已经开始挂牌招租了。在汽车驶上终点站前的小坡时，松树掩映下的小镇在我眼前铺展开来，我再次察觉到了那奇怪的平静感，还有我心底里的一种不屑：在这个镇子里出不了什么大事。这个念头也成了每当我想起罗德勒时的一个极端的论据。波光粼粼的灰色大海出现在我的眼前，浮云连成一线，横亘天际，正随风游移着。暴风雨即将来临，天色看起来极为可怕。我在家吃了顿沉闷的午饭；第一次看到了父母的苍老和疲惫。更让我难忘的是，一抹新的愁绪和明显的伤痛——当然，她不是为我要离开而发愁、痛苦——在克里斯蒂娜脸上留下了痕迹。似乎她身上的某种东西已经屈服了，从她的五官中无法避免地隐约透出她内心的苦楚。我虽然猜不到她为什么这样痛苦，却能肯定谁是这痛苦的根源。

在饭桌上，大家已经就我的旅途进行了一番讨论。

"不管怎么说，"我母亲突然说道，"不到一年，你就会回来的。"

于是我没办法，只能把实情告诉他们。

"有些事情我没写在信上：这个项目会延长奖学金期限来让我们读博士。"

我的母亲已经开始给大家分发甜品，她不安地看着我。

"这个，又需要多长时间呢？"

"需要再学四年。"

我听见她就要呻吟出声，却又强自忍下。我低下了头，看着盘子。我父亲有些喘不过气来似的缓缓说道：

"你不会再回来了。"

"当然，"克里斯蒂娜的话就像是一阵回音，"他干吗要回来呢。"

我们沉默着吃完了饭；我父亲似乎已经养成了习惯，不等咖啡送来便起身拿着报纸去藏书室了。在克里斯蒂娜收拾碗碟时，我母亲离开了一会儿，接着又拿着一个很大的包裹回来了。

"我们给你买了个礼物。"她说。

我解开包裹的彩带结，拆开外面的包装盒：里面是一件短款夹克。

"这是给你在伦敦散步时穿的，"克里斯蒂娜说，"来吧，你试试看。"

突然，她房间里的闹钟响了。我妹妹赶去关闹钟，我母亲也跟着她走进了房间。我模糊地听到她们压低了声音在里面争吵。

"至少今天不要去，你哥哥好不容易才回来一趟。"

"你知道我每隔八个小时就要去一次；我会尽早回来的。"我妹妹似乎在房里走来走去地把东西收拾到一个地方。我听到抽屉的响声，小瓶子撞在一起的声音，还有把包拉上的声音。

"何时是个头，到底何时才是尽头啊。"

这时我听到克里斯蒂娜愤怒的声音飞快地说道：

"你不要担心；比你所想的要快。"

里面安静了一阵，接着，我母亲像是后悔了，她换了语气说道：

"你至少还记得我请了阿尼瓦来吃晚饭吧？"

"我会尽早回来的。"克里斯蒂娜又重复了一遍。她来到我面前，帮我竖起衣领，并飞快地吻了下我的脸："英国女人都会爱死你的。"

我听到门关上了，母亲从房间里走了出来。我以为她会跟我说些什么。可她忍了下来，仿佛已经明白她再也管不住我们俩了。她慢慢地伸出一只手来。

"把它脱下来，"她嘟囔着，"我要把扣子再钉牢些。"

我往图书室走去。父亲已经睡着了，报纸散在他胸前。我忽然发现自己正一个人在家闲逛。我打开我房间的门；房间里，原先的一切都还在，简直就像是一个陷阱：我的床，书桌，墙上的海报，我在象棋大赛中获得的奖杯都还在。当我正要穿过起居室时，透过卧室半掩着的门，我看到母亲正背朝我坐在床边，打开的针线盒放在床头柜上。她正以一种奇怪的姿势弯腰看着那件夹克，额头几乎都挨到衣服了。片刻之后，我才发觉她正在哭泣。她摘下有些脏了的眼镜，用一块手帕擦了擦，接着，她一只手颤抖着穿好了针，继续缝了起来。我静静地回到图书室，在我父亲身旁坐下。书桌上堆着一堆钓鱼俱乐部的杂志，连塑料封皮都没拆。我拿起最新的一期，封面上登着圣布拉斯群岛二十四小时钓鱼节①的广告。父亲在椅子上动了动，睁开了眼睛。他像是有些不好意思被我看到他睡着了。

"你真的不再钓鱼了吗？"

"是的，是真的。"

"妈妈跟我提过这件事，我都不敢相信。你连圣布拉斯都不

---

① 圣布拉斯群岛，位于巴拿马，岛上每年都举行二十四小时钓鱼节，在二十四小时内钓到鱼最多的参赛者就是胜利者，这个活动已经连续举行了三十多年。

去了吗？"

"是啊，我想我不会去的，"他一边说着，一边又合上眼睛，往后躺去，好像想再睡一阵，"到了一定时候，哪怕是你曾经最为热衷的事物，也会开始让你感到厌倦。必须要习惯这一切。但这样也好。这就是衰老的慈悲之处：它让你对生命感到厌倦。"

我母亲在门口探身进来，她鼻子红红的，手里拿着叠得整整齐齐的夹克。

"我想做个苹果馅饼，给你一会儿喝茶时吃。"她跟我说，并且让我陪她去厨房。她想要我跟她说说我的行李箱里放了些什么衣服，还有我到英国之后会在哪里落脚。可她压根儿没在听我说话，她一边搅拌着，一边不时地往外看去，监视着门口的动静。我明白了她不会告诉我任何跟克里斯蒂娜有关的事。大概她觉得这个话题太让人痛心，不适合在这天讨论；也可能是她认为我已经离得太远，就要变成一个外人，她也不需要将这类家丑告诉我。而我也没想问，这一回，我不是因为不想得知我所关爱的人的什么坏消息而这么做，而是因为我确实有这样的感觉：我就像是一个无权知晓家中事务的陌生人。

克里斯蒂娜回来的时候茶已经上好了。她跟我们一起坐在桌边，但脸色凝重，神情恍惚，根本就没碰她的苹果馅饼。大家勉强找些话题来聊着，我已经难以适应这种小镇里的沉闷氛围，时间过得极慢。终于，我听到下午的弥撒那深沉庄严的钟声。我站起身，母亲吃惊又难过地看着我。

"你也要出去吗？"

"我想到海边待会儿，"我说，"趁着天还没黑。"

"你不要回来晚了，"她请求我，"我邀请了你妹妹的男友来吃晚饭。"

外面的天气阴晴莫测，虽然没有下雨，却是乌云密布。风刮得更厉害了，还卷起一些海水水滴来。我斜穿过广场，朝奥林匹斯俱乐部走去。在走上通向棋牌室的那短短几级台阶时，我猛然觉得这一切都很不真实，就像是有人使了魔法，使得这些我从未想过再回来的地方再度存在于我的世界，并且完好无缺地出现在我眼前。俱乐部的变化不大；赫勒米亚斯还是待在吧台后面，我觉我甚至还能认出牌桌上的每个人，他们只是稍微老了些。我要了杯啤酒，赫勒米亚斯则跟我聊起哪些人离开了小镇，哪些人已经去世了。这里依旧充斥着嘈杂的掷骰子声和用酒瓶碰杯的声音，依旧烟雾弥漫，可在我眼中，这一场景竟奇迹般地变得不那么讨厌了：他们只是一群下了班，想在回家之前喝几杯杜松子酒的疲倦的男人罢了。我注意到已经没人下象棋了，一张象棋桌孤零零地被摆在大厅深处。有人喊了我那几乎已经被我忘记的外号，就是尼埃尔森。我远远地打了个招呼，接着，许多人举起手来回应我。我喝完了啤酒，正想问问赫勒米亚斯罗德勒的情况时，我看到他出现在楼梯口。他站在最后一级台阶上没动，左手紧抓着扶手顶部，像是还没能缓过气来。当他转身准备进来时，我看到他另一只手正拄着一根拐杖。我站起身来想帮他，可他靠着一张椅背站稳了，并扬起下巴示意我到后面的桌子那边去。大厅里突然安静下来，所有人都看着他如何一瘸一拐地走到里面，仿佛他们都已经打赌他不能一个人走到那儿似的。他刚坐下，大厅里就再度嘈杂了起来。罗德勒精疲力竭地往后靠去，并把拐杖横放在双膝上。

"我不知道你生病了。"

"你现在看到了，"他仿佛觉得这个话题不值得讨论，说道，"我一样能站起来，走到这里。"

我有些怀疑地在他脸上寻找着生病的迹象。至少，作为辩驳，我还能说：他坐在那儿，呼吸平顺，没拄着拐杖，看上去倒真像只是有些发烧。他的五官中的某样东西非常引人注目，那是一种非自然的一成不变，一种虚幻的东西；我迟疑片刻，才推断出那到底是什么：这么多年来，他的脸丝毫没变，没有增加一条皱纹或是一丝痕迹。罗德勒从未体验过生活，而生活却给予他一种讽刺性的尊重，从他身边流逝却从未在他身上留下任何痕迹。

"克里斯蒂娜跟我说你要走了。"

我点头承认，像条件反射一般，我装作满怀激情的样子，滔滔不绝地跟他谈起了剑桥大学。

"剑桥，"罗德勒说，"越来越远了。"

我说我的老师将会是塞尔登，罗德勒心不在焉地点了点头，仿佛我跟他提到的事情年代久远，他已经记不太清楚了。可不管怎样，我还是继续说了下去，我这么做并不是因为我觉得他会对我说的感兴趣，他甚至对我究竟在说什么都没有任何印象，不是因为这个原因，而是出于一个阴暗而又让人沮丧的念头：因为我害怕停下来听他说。当一个人决定了要说个不停时，他能说些什么是可想而知的：我发现自己正以颇为满足，甚至是挑衅的语气对自己的生活——或者说是我所认为的生活——进行总结，我可笑地炫耀着自己所获得的一些微不足道的成功，我失控般地说个不停，可前言不搭后语，越说越糟。我想最后连我自己都羞于再听我说下去，便终于停了下来。

罗德勒向桌子这边俯下身来。这时我才察觉到他已经强忍厌烦到了什么程度。他朝后看了看，似乎害怕有其他人偷听，末了，他几乎是悄声跟我说道：

"我完成了。"

我在他眼中看到一道光芒，那不是狂热，与以往不同，那是骄傲，纯粹而古老的人类的骄傲。**一个弱点**，我想。

"你完成了……什么？"我耐心地问他。

罗德勒惊讶地看着我，好像我不记得这件事让他感到不可思议。

"我在信上告诉你的那件事。就是斯宾诺莎和德昆西曾尝试寻求的东西，尼采所追寻的那片伟大视野：新的人类新的理解方式。"

"我还以为你已经放弃……那个了。"我说。我差点就要说"那一疯狂念头了"，可他初次流露出的骄傲又让我迟疑了，那是一个弱点，没错，但也有可能是一个考验。

"放弃？我不明白。"他极为吃惊地看着我。我刚开口，就马上觉得又犯了个错误。

"克里斯蒂娜跟我说你把书都卖了。"

"啊，那些书。"他微笑了，仿佛我的解释让他觉得好笑。"我只是将这条路走到底：我曾承载着那些书，也已经战胜了它们。天真和遗忘；遗失了这个世界的人想要重获他的世界。我来到这里，停止思考。我坐着等待它隐秘的游戏被揭开最后的谜底，等着那伟大形象的落幕。的确，或许时间太久了些。可现在，"他说道，"只差把这一切写下来了。"

"什么？"我惊讶地看着他："你是说你还什么都没写？"

"没有，"罗德勒说，"我不认为我能把它写下来；但你不要担心，我知道你会来，所以我已经想好了：我来口述，而你为我将它写下来。"他像是想跟我分享一个老笑话般地微笑着。**"伟大却又简单；简单，可却又伟大 ①。我只需要两三天，可我们得尽快开始。"

"可是……克里斯蒂娜没告诉你吗？我明天中午就走了。"

我看见他变了脸色；他令人不安地沉默了片刻，然后，他像是做出了让步，他的脸上浮现出一种阴郁而又狂热的表情。

"没关系，"他说，"我们还有一晚上。我们可以现在开始，一直待到凌晨。"

"今天晚上？"这个主意清晰而可怕地呈现在我面前，仿佛在对我微笑。我看了看表。"这不可能，"我说，"我家人还在等我一起吃晚饭呢。"

"**吃晚饭**？"罗德勒说，他像是绝望地想在这个词里寻找某种意义，或是破解它某种隐藏的含义。我平静地站了起来。

"是的，吃晚饭：就是人们会坐在桌旁，并且说些类似于

---

① 在亨利·詹姆斯的作品《地毯上的图案》中，当主人公之一最终解开谜团之后，曾发出这样的感叹。作者在此引用了这句话。

'把盐递给我'或是'鸡肉的味道真好啊'之类的名言的场合。"

我没再看他，转身走了；我知道我绝对不该再看他。我两步跃下台阶，大步往回走，同时心里翻腾着一种有节奏的、恶意的喜悦。**把盐递给我。鸡肉的味道真好啊。**

"你总算回来了，"我母亲说，"你怎么这么晚才回来？幸好阿尼瓦还没到。"

"我去奥林匹斯俱乐部了，"我说，"我还在那儿碰到了古斯塔沃·罗德勒。"

我妹妹手里拿着一些餐具从厨房里走了出来。

"你说什么？"她问我，我重复了刚刚的话，说我之前跟罗德勒在一起，她发出一声惊呼。

"他都已经起不了身了！"她嚷嚷着，一把将餐具扔在桌上，然后绝望地冲了出去。我和母亲沉默了一阵。我看到她朝桌子走去，并开始慢慢地分摆餐具。

"他病得很重。"她突然说道。

"我……我没想到他病得这么重。"

"他得的是一种很奇怪的病，红斑狼疮。几乎没有这种病的患者能幸存下来。可他不让人送他去医院。"

"克里斯蒂娜在照顾他。"

我母亲点了点头，朝厨房走去。我走进浴室，冲了个澡，希望水流的冲洗能让我不那么清醒，让我这一分钟停止思考。当我洗好准备出去时，我听到有人在轻轻地敲着磨砂玻璃门。我把门打开一点，门外还是我的母亲。

"阿尼瓦来了，"她对我说，"他在客厅。你妹妹还没回来。我跟他说你们俩一起出去了；**请你配合一下吧**。"她请求着我。

我拒绝了，可当我看到她沮丧的表情时，我还是自认倒霉地穿起衣服，从后门走了出去。罗德勒的家离这里有十多个街区的距离，差不多在小镇的最西边。那一带路边还没安装新型的汞灯。每一条街上只有一盏路灯，这些路灯随风摇摆着，发出咝咝的声音，并且从中心发散出一些忽明忽暗的泛黄光圈。我看到一群狗在一块路基石旁吞食着自一袋垃圾中刨出来的食物残渣。它们离我还很远，但我还是放慢了脚步；这些狗也看到了我，它们慢慢走开，散布在街上。我听到它们嗓子里压抑着的呜呜声。**狗，总是这些狗**。我想着，可当我在它们身边走过时，我非常紧张，踉踉跄跄，都没敢看着它们。

在黑暗中，我勉强分辨出罗德勒的家。他母亲曾精心打理的门口小花园以及里面的鹅卵石小道都不见了，地上的雀稗草已经蔓延到了门廊上。我突然听到一阵撕心裂肺的叫喊，仿佛这人正遭受着某种难以忍受的极大痛苦。我停住了脚步，满怀恐惧地静静听着，等待着再传来一阵声响或是一声呻吟来证实这个人还活着。这时，我看到门开了，一个身影走了出来，停在门廊的拱门处，在口袋里寻找着什么。一开始我没认出这个人来，接着响起了扑哧一声，于是我认出了那被火柴光隐隐照亮的脸，是拉格医生，他正在点烟斗。我急切地朝他走去；他看到我却好像一点也不吃惊。

"古斯塔沃怎么样了？"

"我想他马上会……好些的，"他说，"您还记得红斑狼疮这个病吗？不记得了？我之前经常提到的，典型游走性疼痛的例子。**最终的惩罚**①，被自身吞噬。抗体已经无法分辨自身器官，将其吞噬。由此产生的痛苦与其他任何一种都不同；在我遇到的病例中，病人总是横冲直撞，喊到嗓子嘶哑。唯一能让他们平静下来的就是吗啡，所以您妹妹来找我时，我首先便将它放进了手提箱里。可在这儿，"他停住了，抽了口烟，"有点麻烦。这孩子，我们这么说吧，他对吗啡的耐受度很高，可同时，他的肝脏受损严重。让他入睡所需要的吗啡用量足以将他致死。另一方面，如果不给他注射吗啡，他还能撑两到三个小时，直到他的心脏衰竭停止跳动为止。他还有两到三个小时，在完全清醒的状态下，您明白吗？"拉格医生用查询的目光盯着我，

---

① 原文为拉丁文。

"不，您还不能明白。还有一个细节：这个男孩想说些什么。在我给他看病时，他抓着我的上衣，张开嘴想跟我说话；当然，疼痛使得他根本发不出声音来。可他神智完全清醒，一直在使劲努力。很感人地拼命努力着。或许他还能说出来。"

"您怎么处理的呢？"

"我征询了您妹妹的意见。"拉格把烟斗拿到嘴边，燃着的烟叶泛着红光，映亮了他的脸；我觉得他像在微笑着。"当然，我之前就非常肯定，我们的意见将会是一致的。不管怎样，人类就是这样。现在，"他举了举手提箱，说道，"您大概明白我该走了吧。"

我进了屋；屋里只在走廊深处有一丝光亮。我凭着之前几次造访所留下的依稀印象，在黑暗中摸索着穿过那些空荡荡的房间。我打开房间门；罗德勒仰面躺着，呼吸急促。他半睁着眼睛，仿佛仍在下意识地进行最后的努力，执着地不愿合上双眼。我妹妹跪在他身旁，她看到了我，却面无表情，也没有任何动作，可我察觉到她情绪紧张起来，她身上的一切都在抗拒着我的到来，好像我根本不应该出现在这场她正在主持的最后的仪式上。

我试着不发出声响，静静地朝她走去：

"克里斯……"我轻声叫她，"克里斯蒂娜……"

我妹妹朝我做了个手势，让我别出声；罗德勒好像在喃喃地说些什么，但听不真切，他就像是看到了最后一线光明，挣扎着要从那无法摆脱的昏睡状态中清醒过来。我们朝他俯下身去。他的眼睛让人印象深刻地缓缓睁开。他没有看我，也没有看我妹妹，而是朝更上方看去。他举起双手，手掌张开，似乎在敲着某扇我所不知的高悬于空中的大门，他用他那已经属于另一个世界的声音喃喃低语着：请给我开门，我是第一人。